LE BRIGAND

DE LA FORÊT

DES ARDENNES,

OU

LE REPENTIR;

PAR FERDINAND-THÉODORE LETILLOIS.

Tome Premier.

PARIS.

PIGOREAU, LIBRAIRE,

Place St-Germain-l'Auxerrois, n° 20.

1824.

LE BRIGAND

DE LA FORÊT

DES ARDENNES.

767

TOME PREMIER.

COMPIÈGNE. IMPRIMERIE DE G. ESCUYER.

LE BRIGAND

DE LA FORÊT

DES ARDENNES,

OU

LE REPENTI;

PAR FERDINAND-THÉODORE LETILLOIS.

Il est donc des remords ! ô fureur ! ô justice !
Mes forfaits dans mon cœur ont donc mis mon
supplice !

VOLTAIRE. *(Mahomet. Acte* v. *)*

Tome Premier.

PARIS,

CHEZ PIGOREAU, LIBRAIRE,

Place St-Germain-l'Auxerrois, n° 20.

1824.

Dédicace.

❦

O vous qui vous êtes fait non seulement un devoir, mais encore un plaisir d'être bienfaisans; vous qui n'avez jamais dédaigné de tendre une main secourable à celui qui était dans l'infortune; vous dont le malheureux fait toujours l'éloge avec joie; dont il bénit sans cesse les jours, et dont il ne parle jamais sans attendrissement; ô vous tous qui vous êtes déclarés les protecteurs de l'innocence, les appuis du faible, les pères du

pauvre et les amis de l'humanité;
c'est à vous que je veux dédier mon
livre; c'est à vous surtout qu'il ap-
partient de le juger, vous dont les
suffrages pourraient seuls m'être
agréables, si j'avais assez fait pour
les mériter.

Daignez l'accepter. Il est bien
peu de chose sans doute; mais il
est l'ouvrage de mon enfance; il fut
fait dans cet âge où l'on ne sait
point dissimuler encore, où le cœur
seul dicte les caractères que trace la
plume; dans cet âge enfin où l'on ne
sait écrire que comme on sait penser;
et ce n'est aussi que cette seule consi-
dération qui m'enhardit à vous l'offrir
aujourd'hui, non seulement comme un
simple gage de mon estime, mais
encore comme un vivant témoignage

*de món admiration pour vos vertus,
de mon respect et de ma tendre affection pour chacun de vous.*

F. Théodore LETILLOIS.

Mézières, ce 31 mai 1824.

PRÉFACE.

L'ouvrage qu'on va lire est le premier essai de ma plume, et l'on y pourra remarquer en tout genre de nombreuses fautes ; je dois déclarer à mes Lecteurs que je suis jeune, sans expérience, sans études, et sans aucune connaissance de la littérature française ; que je ne me suis jamais assis sur les bancs des colléges, et que je n'eus jamais d'autre maître que la nature. J'af-

firme en outre, que je comptais
à peine trois lustres, lorsque,
sans autre secours que celui de
mon faible génie, je commençai
mon livre : et j'en appelle à tous
mes compatriotes pour confirmer
ces deux premières assertions, de
même que les suivantes.

Long-temps je n'y travaillai qu'à
de courts intervalles, et à de cer-
taines heures de la journée; plus
long-temps encore je laissai reposer
ma plume, pour me livrer à des
occupations plus importantes, plus
sérieuses, et qui toutes avaient
pour objet l'état que je venais d'embrasser. Enfin, ce travail entrepris

d'abord pour distraire seulement
mes loisirs, fut repris, suspendu
des mois entiers, et repris encore
jusqu'à sept fois, et toujours dans
différens pays.

Tant que durèrent le premier
enthousiasme qui m'avait fait prendre la plume et les années heureuses où j'écrivis ce Roman, j'a-
vouerai sans peine qu'avec toute
la présomption ordinaire aux jeunes
gens, j'augurai mieux de moi-
même, et crus cet ouvrage devoir
être bien supérieur à ce qu'il est
en effet ; mais aujourd'hui que je
viens d'y mettre la dernière main,
que je viens d'y retoucher quelques

endroits faibles, défectueux, et qu'en le relisant, j'en trouve encore un très-grand nombre d'autres ou qui m'ont échappé, ou que par ignorance je n'ai pu recorriger; aujourd'hui, enfin, que six années de plus semblent avoir mûri ma raison, agrandi la sphère de mes idées, et développé le peu de connaissances que je possédais; que les passions m'ont donné une toute autre énergie de caractère et de sentiment, et que le malheur, en appesantissant sa main de fer sur moi, a détruit toutes les illusions de ma jeunesse, les rêves qui m'avaient abusé, et les espérances dont je m'étais nourri; ce n'est plus qu'en hésitant que je me détermine à l'offrir au Public.

Ce n'est pas que je craigne d'être en butte aux critiques : les Aristarques de mon siècle ne feront assurément pas tant d'honneur à un jeune adolescent qui jusqu'à ce jour a toujours passé sa vie dans une profonde et triste obscurité; mais puis-je croire que, parmi tant d'honorables productions qui paraissent chaque jour en ce genre, et que décore un nom déjà fameux dans la litterature, l'enfant de mes loisirs, sans nom et sans autre protection que celle que je réclame de l'indulgence du Public pour mon âge et les circonstances où je me trouve, sera aperçu, distingué, accueilli de ce même Public auquel je vais confier et son sort et sa fortune?... Puis-je croire enfin qu'au moment même qui va suivre nos adieux, où il viendra de quitter son jeune père, pour courir, soutenu par l'espérance, tous les dangers d'un long voyage qui n'a plus de retour, hélas! il ne fasse naufrage tout à coup, et ne périsse à la vue du port, et presque sous mes yeux.

Mais, que dis-je?... Cessons d'abuser mes Lecteurs sur son véritable mérite. Assurément, ce ne sera point par la pureté de l'élocution, ni par les grâces du style, qu'il brillera dans le monde; mais j'ai trop bonne opinion de ma patrie, pour ne pas le croire en droit de l'intéresser autrement. Non, mon Emile ne déplaira point! il saura me survivre! et tant qu'il existera en France des cœurs sensibles, des cœurs nés pour la vertu et le bonheur des malheureux, il sera lu, et laissera toujours dans la mémoire de ses lecteurs, de longs, d'agréables et de doux souvenirs!

Peut-être qu'en le parcourant, ils seront étonnés, non de la ma-

nière avec laquelle j'ai su exprimer mes pensées, mais des pensées elles-mêmes, par rapport à mon âge. Alors, ils ne s'arrêteront point, en critiques minutieux, à éplucher mon style, à censurer des mots, à peser chaque syllabe... non ; mais ils se diront : « Pour
» mieux faire chérir la vertu, son
» auteur a voulu mettre celle-ci
» en opposition avec le crime, et
» il a réussi. Son ouvrage a de
» l'intérêt, il renferme une grande
» morale, et, par cela même, il
» doit faire excuser la faiblesse de
» son pinceau, en faveur du mo-
» tif qui le lui a fait prendre. Jeune

» encore , il annonce qu'il est
» bon fils, bon ami ; qu'il sera
» un jour bon époux, bon père
» et bon citoyen. » Ah ! que ce
soit là le seul éloge que l'on fasse
de moi ! je n'en demande point
d'autre pour prix de mon travail :
à celui-là seul je veux borner tous
mes vœux !

Cependant, si parmi ceux entre
les mains desquels pourra tomber
mon livre, il s'en trouvait malheureusement qui eussent quelques
erreurs, quelques fautes à se reprocher ; qui se sentissent coupables, criminels même ; et que
le bonheur voulût que j'eusse as-

sez fait pour les attendrir, pour
leur arracher une seule larme de
repentir, assez fait pour les rendre meilleurs; oh! combien alors
mon triomphe serait complet!
combien seraient grands les transports de ma joie! combien serait
délicieux le souvenir de mon travail!....

LE BRIGAND

DE LA FORÊT

DES ARDENNES.

CHAPITRE Ier.

———

Soudain leur sein brûlant enfante le tonnerre :
Le ciel armé de feux épouvante la terre ;
L'air siffle, l'onde écume, et la pluie à torrens
S'échappe de la nue, et submerge les champs.

BOUILLON. (*Bataille de Rocroy.*)

Déjà l'astre brillant du jour, dans
son vol rapide, avait parcouru la
moitié de sa carrière. C'était vers le
commencement du mois d'août. Le
soleil dardait tous ses feux sur une
terre aride, couverte de larges et profondes sinuosités, causées par la sé-
cheresse. Les plantes exposées aux
ardeurs d'un midi brûlant, sem-

blaient solliciter, mais en vain , les
eaux salutaires du ciel , et péris-
saient faute de secours; les troupeaux
altérés s'avançaient languissans vers
le pied des collines, dans la profondeur des vallées , pour étancher leur
soif dans des sources demi-taries; le
moissonneur , trempé de sueur, harassé de fatigue , abandonnait sa
faulx et quittait le travail pour aller
chercher sous l'ombrage des arbres
voisins un abri contre la chaleur du
jour. Cependant, quelques légers
nuages se montrent épars sur l'horizon : bientôt ils prennent une teinte
plus sombre ; se rapprochent , de
dispersés qu'ils étaient, et viennent
peu à peu couvrir de leurs voiles orageux , l'éclatant azur du ciel. Déjà
les vents impétueux du midi se sont
élevés, déjà ils chassent devant eux
des tourbillons épais de poussière,
et les nues entassées les unes sur les
autres , déroulent au-dessous des

p'aines de l'éther leurs ténébreux
rideaux. Soudain, les arbres battus
et courbés par les vents, s'entre-cho-
quent et se brisent ; les éclairs fugi-
tifs parcourent les cieux et déchirent
la nue ; le tonnerre leur succède ; il
gronde, il mugit, et semble, par ses
roulemens multipliés, vouloir ébran-
ler jusqu'aux antiques fondemens
du monde.

Au milieu de ce bouleversement
subit de la nature, au pied d'un
énorme chêne, non loin des bords
de la Meuse, et parmi les bois épais
dont la vaste étendue forme la forêt
appelée *des Ardennes*, était couché
Valcourt, capitaine d'une bande de
brigands, qui, par les excès atroces
et les forfaits inouïs qui l'avaient
long-temps signalée, était devenue
l'effroi et la terreur de tout le pays
d'alentour.

Aussi puissans, aussi redoutables
par leurs forces que par leur féro-

cité, ces scélérats ne frappaient pas
leurs victimes dans l'ombre de la
nuit seulement ; ne paraissant rien
craindre ni de la justice des hommes ni de celle de Dieu, ou plutôt,
bravant toutes les punitions de la
terre et toutes les vengeances du
ciel, ils égorgeaient aussi-bien en
plein jour qu'à l'heure de minuit ;
et rarement le soleil avait atteint
le plus haut de sa course, ou achevé
sa carrière, sans avoir vu des flots de
sang versés par leurs mains homicides, et des malheureux tombés
sous leurs fers assassins. En vain on
avait déjà fait marcher contre eux
des troupes réglées ; en vain on avait
déjà essayé plusieurs fois de les exterminer tous : leur trop grand nombre, leur courage et leur audace
avaient toujours rendu jusqu'alors
toutes les tentatives inutiles.

C'était à la suite d'un de ces combats, qu'affaibli par la chaleur du

jour, que couvert de poussière,
harassé de fatigue et déchiré de remords, Valcourt s'était jeté sous le
chêne dont nous avons parlé, pour
y chercher l'ombre bienfaisante et
quelques momens de repos. Là, à
demi étendu, et la tête languissam-
ment penchée sur le tronc de l'arbre
antique, il était long-temps resté en
proie à de cruelles réflexions; mais
enfin, cédant à la secrète impulsion
de la nature, ses yeux s'étaient fermés à la lumière; ses membres lassés
s'étaient engourdis, et son esprit,
après un travail si pénible, qu'il
avait eu à soutenir tout le jour,
s'était lui-même fermé à toutes
les inquiétudes.

Il y avait déjà trois heures que
Valcourt reposait lorsque l'orage
avait commencé, et jusqu'alors rien
n'avait encore pu le faire revenir d'un
sommeil aussi profond.

Cependant l'orage devenait de

plus en plus terrible. Déjà les aquilons furieux et déchaînés sur la terre, avaient déraciné les arbres, enlevé les toits des chaumières, et renversé tout ce qui s'était trouvé sur leur passage ; la pluie tombait ; le ciel grondait ; les éclairs redoublés se succédaient impétueusement ; enfin, il semblait que, ne méditant plus que la destruction et le désespoir, tous les élémens confondus voulussent préluder, par des essais terribles et nouveaux, au renversement et à la ruine entière du monde. Bientôt de nouvelles nuées viennent encore se joindre aux premières ; les éclats de la foudre s'en échappent avec une effrayante continuité. Comme un champ de blé, ou comme l'herbe des prairies, la masse entière des forêts s'agite, se courbe, et cède sous l'effort des vents. La terre tremble ; les eaux se courroucent ; l'air s'embrâse ; le ciel s'allume ; tout est en feu.

Cependant, au fracas des vents
et aux sourds gémissemens de la forêt; aux détonations de l'orage, aux
échos retentissans des montagnes;
au roulement des foudres, qui tantôt tombent, tantôt se relèvent,
tantôt anéantissent tout ce qu'ils
rencontrent, ou s'éteignent dans les
ondes; enfin, à toutes ces fortes
commotions, et au milieu de tout
ce désordre de la nature, Valcourt
se réveille en sursaut, ouvre les yeux,
se lève, et promène des regards in-
certains autour de lui, sur le ciel et
sur la terre en proie aux assauts de la
tempête. « Hélas! elle est aussi dans
» mon cœur, se dit-il; dans le fond de
» ce cœur bourrelé, je l'entends aussi
» gronder sourdement. » A ces mots,
il pousse un long soupir, puis se
rapproche du chêne protecteur qui
si souvent eut à lutter contre la vio-
lence des vents et la fureur des orages. Là, sa pensée se reporte avec

terreur sur les crimes dont sa main
s'est tant de fois souillée ; là, appuyé
contre l'arbre respecté des temps, il
contemple en tremblant le théâtre
à la fois si majestueux et si effrayant
de la nature en courroux. La pluie
avait cessé, et les vents ne soufflaient
plus ; mais d'horribles éclairs parcouraient encore les célestes régions,
et la voix des tonnerres se faisait toujours entendre, répétée par des milliers d'échos. Jamais criminel ne put
soutenir sans effroi un pareil spectacle, et c'est ce que Valcourt éprou-
va. Déjà violemment déchirée par les
remords, son âme fut en proie à une
si forte émotion, qu'aussitôt, flé-
chissant un genou en terre, puis
élevant ses mains vers les cieux irri-
tés, le brigand des Ardennes adressa
cette courte prière à l'Eternel.

« Grand Dieu ! Être des êtres !
» Auteur de la nature ! Toi qui com-
» mandes aux élémens ; qui d'un

» seul souffle excites les tempêtes,
» et les apaises à ta volonté ; toi
» dont la puissance s'étend sur tout
» ce qui respire comme sur tout ce
» qui est inanimé ; tu vois le plus
» criminel des enfans de la terre,
» prosterné, repentant, oser élever
» ses sanglantes mains vers toi, et
» d'une voix suppliante, implorer de
» ta divine clémence, l'oubli et le
» pardon des crimes dont son bras
» assassin s'est tant de fois rendu
» coupable. Reçois le serment que
» je te fais, de ne plus frapper désor-
» mais d'autre mortel de ce bras ho-
» micide, que le méchant ; de pro-
» téger et de défendre de tout mon
» pouvoir, l'infortune, l'innocence,
» et la vertu opprimées. Père céles-
» te ! ne vois que mon repentir,
» et pardonne... ah ! pardonne mes
» forfaits!...»

Cette prière finie, il se relève, et,
un peu plus calme, il se disposait à

partir pour rejoindre sa troupe, et
lui donner des ordres, quand de
nouveaux torrens d'eau vinrent,
pour la seconde fois, fondre sur la
forêt, et inonder la terre de leurs
flots orageux. D'innombrables cata-
ractes se précipitent du haut des
cieux, et roulent avec fracas leurs
eaux courroucées, du sommet des
montagnes jusque dans le plus profond des vallées. Les ruisseaux et les
rivières, épars çà et là dans la cam-
pagne, étonnés de leur soudain ac-
croissement, s'échappent de leur lit,
fuyent loin de leurs bords, et se
frayent à grand bruit mille passages
nouveaux pour se réunir, et ne plus
former ensemble qu'une seule mer.
Valcourt accepte de nouveau le sùr
abri que semblait lui offrir le chêne
bienfaiteur qui l'avait garanti jusqu'alors des outrages du ciel.
L'antre obscur et profond que renfermait son tronc tutélaire devint le

refuge où il attendit en silence que
le Grand Être eût opposé d'invinci-
bles barrières aux fleuves suspendus
dans les vastes plaines de l'air. Déjà
l'orage s'apaisait ; les vents ne soufflaient plus si violemment ; la pluie
ne tombait plus avec autant de force,
et le tonnerre ne se faisait plus entendre que sourdement et par intervalles dans le lointain, quand tout à
coup, l'explosion de plusieurs armes
à feu et différens sons de voix vinrent frapper son oreille ; troublé,
surpris, il dirige à l'instant ses pas
vers l'endroit d'où le bruit lui avait
semblé venir. Déjà il avait fait quelques pas ; il ne voyait ni n'entendait
plus rien, lorsque, au détour d'un
petit bois qui donnait sur une route
écartée, il aperçoit une voiture ver-
sée dans un fossé, et entourée par
quatre de ses brigands. Deux d'entre eux se disposaient à piller tout
ce qui pouvait leur convenir des ri-

chesses qu'ils présumaient devoir
y être contenues. Un domestique
était aux mains avec un troisième,
et défendait ses jours, pendant qu'un
quatrième tenait un poignard appuyé sur la poitrine d'un homme
qui faisait d'inutiles efforts pour se
dégager d'entre ses mains. Une jeune
fille, richement mise, était aux genoux de ces brigands ; les yeux inondés de pleurs, elle les suppliait de
laisser la vie à cet inconnu qui paraissait être son père ; ces hommes
féroces et endurcis par l'habitude du
crime, ne lui répondaient que par
des ris moqueurs, par les injures les
plus grossières, et... le dirai-je ?...
bientôt de leurs mains sacriléges ils
allaient souiller l'innocence de cette
jeune vierge éplorée.

Valcourt, quoique chef de ces scélérats, issu d'une famille de haute
extraction, ne semblait pas être né
pour exercer un état aussi vil, aussi

barbare que celui qu'il avait em-
brassé : mais combien en est-il que
le crime a rendus célèbres, qui auraient pu s'immortaliser par leurs
vertus !... J'en ai connu qui jusqu'à
vingt-cinq ans étaient des modèles de
sagesse, et dont les passions, ou un
mauvais choix d'amis, ou le malheur,
ont ensuite fait des scélérats. Il est
quelquefois peut-être, une destinée
à accomplir, qui se rit de la naissance, de l'éducation et des vertus ;
qui se joue des vains projets des
pères, de la volonté des enfans, et de
leurs dispositions naturelles au bien.
Valcourt dans sa jeunesse, la consolation et l'espoir de ses parens, paraissait devoir faire un jour le bonheur de
leur vieillesse, devenir la gloire de son
pays et l'amour de sa patrie. Espérances mensongères!.. Par une fatalité in-
concevable, il n'en était devenu que
le bourreau.... A la tête d'une horde
de scélérats, malheureusement trop

nombreuse, Valcourt investissant la forêt des Ardennes de l'ouest à l'est, dans toute son étendue, couvrant chaque jour et depuis des années, tout le territoire du duché de Luxembourg et des frontières françaises, de sang et de victimes, était devenu l'exécration des Pays-Bas, la honte et le désespoir de ses compatriotes. O précieuse innocence! garde-toi bien de respirer l'haleine impure du vice; elle a sitôt empoisonné les vertus les mieux affermies!... Valcourt avait été pur comme le jeune lis que raffraîchit la rosée matinale, comme le jeune lis qui s'entr'ouvre et s'épanouit aux premiers rayons du soleil printannier, et que caresse le souffle embaumé des zéphyrs : un instant, un seul instant d'égarement l'avait conduit du sentier étroit de la vertu dans le chemin du vice, et enfin du chemin du vice, dans l'abîme épouvantable du crime. Un sage retour sur ses actions aurait sans doute pu lui faire ouvrir les yeux sur l'affreux précipice qu'il s'était creusé lui-même sous ses pas; mais non! jeune et sans expérience, dédaignant tous scrupules, redoutant peu les remords, il s'était laissé tomber dans toute la profondeur de l'abîme. Cependant il n'était pas encore dénué de tous principes humains; Valcourt comme je l'ai déjà dit, avait reçu dans sa jeunesse, une éducation soignée; et les beaux exemples qu'on avait eu soin de placer de bonne heure sous ses yeux pour le former aux bonnes mœurs, étaient encore profondément gravés dans son cœur, maintenant corrompu et dépravé, mais non sans espérance de retour à la vertu. S'il était devenu criminel, s'il s'était souillé de forfaits, il le devait à d'odieuses maximes, aux dangereux conseils, et aux exemples plus dangereux encore par lesquels d'indignes amis, auteurs et compagnons de ses débauches, avaient su pervertir son cœur, et le rendre aussi malheureux que coupable.

A ce spectacle d'un père près d'être égorgé sous les yeux de sa fille, Valcourt plein de ses remords, écoute enfin la voix de la pitié, et, pour la première fois, cède au cri de l'humanité qui se fait entendre dans son âme attendrie. Il s'est rappelé sa prière à l'Eternel ; il s'est rappelé qu'il s'est engagé par le plus saint des sermens, à défendre et à secourir la vertu malheureuse. Entraîné par la force impulsive des nouveaux sentimens dont il est pénétré, il s'élance, il vole et se précipite au-devant du fer des assassins prêts à déchirer le cœur de leurs tremblantes victimes. « Arrêtez, arrêtez, barbares, » s'écrie-t-il d'une voix terrible. Soudain, les brigands

surpris de l'apparition de leur chef,
et plus encore du langage nouveau
qu'il leur tient, abandonnent tous
quatre leur proie, et reculent de
quelques pas à son approche, en
articulant ces mots : « Et de quoi
» veut-il donc que nous vivions.... si
» ce n'est de notre métier ! -- Qu'en-
» tends-je!... s'écrie Valcourt ; qui
» ose murmurer contre son capi-
» taine?... » A ces paroles succède
un long silence ; après quoi il reprend : « Retirez-vous.... et allez
» prévenir vos camarades de se pré-
» parer pour demain, dès la pre-
» mière heure du jour, à une revue
» générale. » A ces derniers mots
que Valcourt prononça en leur lan-
çant un regard foudroyant, les brigands s'éloignèrent pour aller signi-
fier les ordres de leur capitaine aux
chefs subalternes, afin que ceux-ci
pussent en instruire à leur tour leurs
subordonnés qui étaient répandus

1*

en cent endroits différens de la forêt ;
ils étaient déjà loin, quand un coup
de sifflet de Valcourt vint les forcer
à rétrograder vers lui. C'était pour
leur dire de rapporter de la caverne d'Orphall, (c'est ainsi que
se nommait le lieu de leur repaire),
les instrumens jugés convenables
pour relever la voiture qui était ver-
sée dans le fossé, et y remettre une
nouvelle roue, l'une d'elles ayant
été brisée dans sa chûte. Les brigands
ne tardèrent pas à revenir, munis
de tout ce qui était nécessaire pour
remettre la voiture en état. Lorsqu'elle le fut, ils formèrent comme
un brancard avec des feuillages, par
ordre de leur chef, pour emporter
et enterrer un malheureux domestique gissant dans le fossé, seule
victime qui fût tombée sous les coups
de feu qui avaient attiré Valcourt.

Aussitôt que les brigands se furent
retirés, l'inconnu et sa fille, qui

n'avaient encore pu saisir le moment
de témoigner à mon héros toute leur
gratitude, s'approchèrent de lui, se je-
tèrent à ses pieds, et lui exprimèrent
tout ce qu'un bienfait aussi signalé
avait fait naître dans leurs cœurs
reconnaissans. « Je ne puis, disait
» le père, vous offrir maintenant,
» pour ma fille et pour moi, que de
» stériles remercîmens; mais... peut-
» être qu'un jour... vos destins mal-
» heureux me fourniront les moyens
» de mieux m'acquitter envers vous. »

Valcourt troublé s'étant empressé
de les relever, les engagea à s'asseoir
sur un banc de gazon qui se trouvait
à quelques pas d'eux. Là, l'inconnu
lui apprit qu'il se nommait le comte
de Forville; que revenant, accompagné de sa fille, de voir un de ses anciens
amis, appelé le comte d'Arremval,
ils avaient été surpris par l'orage, et
que ses gens voulant chercher
quelque endroit pour y attendre le

retour du beau temps, les avaient
égarés et conduits dans ces lieux
qu'il ne connaissait nullement, et
où sa voiture avait versé ; qu'alors
les brigands étaient sortis du bois,
et étaient venus les attaquer à l'im-
proviste ; que les voyant en petit
nombre, il avait voulu se défendre,
ainsi que ses domestiques ; mais
qu'un de ceux-ci étant déjà tombé
sous leurs coups, ils auraient été,
lui et sa fille, indubitablement as-
sassinés, sans le secours prompt et
inattendu qu'ils venaient de recevoir
de lui. Il finit par l'assurer de nouveau de sa reconnaissance et de sa
protection toutes les fois qu'elle pourrait lui être utile ; après quoi, il ap-
pela son laquais qui s'était tenu à
l'écart, encore tout tremblant de la
scène qui venait de se passer, et dé-
cida qu'il remplirait les fonctions de
son infortuné camarade, et qu'au
premier village il prendrait un guide

pour le conduire hors de la forêt.

La pluie avait cessé. Le soleil devenu plus vif et plus brillant, était depuis quelque temps revenu rajeunir la terre. Les vallons, les coteaux, les plaines et les montagnes, tout s'embellissait, tout prenait une nouvelle teinte de beauté à son aspect éclatant. Les hôtes des bocages célébraient par leurs chants harmonieux son heureux retour; le zéphyr caressait mollement les feuilles d'arbres, où se tenaient encore suspendues les perles liquides qu'y avait semées l'orage. L'air était plus frais; les fleurs exhalaient leurs parfums les plus suaves; de petits nuages argentés parcouraient seuls l'atmosphère, et ajoutaient encore un charme de plus au riant tableau que présentait en ce moment la nature : ce qui détermina le comte de Forville et son aimable fille à partir aussitôt. Toutes les réparations jugées

nécessaires à la voiture étant termi-
nées, et rien ne pouvant plus alors
les retenir, tous deux prennent
congé de Valcourt, et montent dans
leur chaise qui, roulant avec rapidité, disparaît bientôt à travers les
bois et les vallées pittoresques de
l'Ardenne.

Valcourt, comme pétrifié d'étonnement, ne cesse de la suivre des
yeux, et la cherche encore, long-
temps même après que les arbres
l'ont dérobée à sa vue. Enfin, accablé sous le fardeau de sa douleur,
il se laisse tomber sur les bancs de
rochers dont la montagne d'Orphall
est hérissée. L'infortuné!... il ne
l'était donc pas encore assez! Il fallait
donc que l'amour vînt encore aigrir
ses maux, et redoubler l'amertume
de ses remords!

Valcourt n'avait pas été long-temps
sans reconnaître dans la fille du
comte de Forville, celle qui, quel-

ques mois auparavant., avait fait
naître dans son cœur, jusqu'alors
insensible , un feu brûlant et des.
désirs qui auparavant lui avaient été
totalement inconnus. Célestine était
d'une beauté peu ordinaire, et Valcourt n'avait pu la voir, sans payer
le tribut de respect et d'admiration
que tout en elle paraissait commander, et sans sentir en lui la férocité
faire place à l'amour. Durant quelque
temps le criminel Valcourt l'avait
adorée en silence ; mais s'indignant
bientôt de voir sa raison, son indifférence, vaincues par une femme
qu'il ne pouvait et ne devait jamais
qu'aimer sans espoir, il n'avait plus
cherché qu'à l'effacer entièrement de
son souvenir, et croyait enfin y être
parvenu. Mais que la jeunesse est
facile à s'abuser ! Un moment, une
minute venait de suffire pour rallumer en lui , et avec plus de force
que jamais, une flamme mal éteinte.

Il n'est rien de dévorant comme
un premier amour. Ses feux sont
éternels : qui a cru les éteindre, n'a
fait que les entretenir plus brûlans.

CHAPITRE II.

Du crime au repentir un long chemin nous mène.

COLARDEAU. (*Héloïse.*)

Sı l'amour fait le supplice des amans dédaignés ou trahis ; s'il n'est point fait pour ceux que la fortune a maltraités, ou sur qui le malheur s'est appesanti ; à quoi donc peut s'attendre le fils rejeté de son père, exécré de sa patrie ? Que doit donc espérer l'assassin et le parricide?.. La honte et l'indignation... le désespoir... et la mort...

Telles étaient les pensées qui occupaient le criminel Valcourt, sur les flancs décharnés de la montagne. « Ah ! malheureux, s'écrie-t-il avec l'accent de la fureur et du

repentir, malheureux, éloigne de
» ton esprit ces rêves de bonheur!
» il n'en est plus pour toi.... Fuis,
» scélérat, hâte-toi de rentrer dans
» tes forêts, d'accomplir tes affreu-
» ses destinées... Depuis long-temps
» la porte des félicités s'est refermée
» sur tes pas... Les tourmens et les
» remords éternels te restent seuls!»
Il se relève à ces mots, et s'enfonce
avec précipitation dans la forêt.
« En vain, poursuit-il, je voudrais
» me dérober à moi-même : dans
» tous les lieux je me retrouve,
» dans tous les lieux j'emporte avec
» moi le châtiment de mes for-
» faits.» Ici, Valcourt s'arrête : il
jette de farouches regards sur tout
ce qui l'environne, pousse un long
soupir... puis reprend ainsi : « O fa-
» tale passion! transports, fureurs
» de l'amour.... fallait-il encore
» vous connaître! Avais-je donc
» besoin de la revoir, de revoir

» cette Célestine , dont j'étais déjà
» parvenu depuis long-temps à
» effacer l'image de ma mémoire !..
» L'aimer... eh! pourquoi l'aimer?
» Que pourra-t-elle répondre à mon
» amour? Jamais, jamais brigand
» n'occupera une place dans son
» cœur. Non, non! fuyons plutôt.
» L'aimer serait un crime ; le lui
» dire serait folie ; ne pas le dire
» serait une anticipation de l'enfer.
» Il ne me manquerait plus que ce
» nouveau supplice pour me faire
» boire jusqu'à la lie le poison de
» l'existence. Ah! gardons-nous de
» redevenir tendre , sensible ; re-
» devenir féroce vaudrait encore
» mieux ! Oh! comme mon sein
» est agité! comme mon cœur est
» déchiré! Quel amas de pensées
» cruelles et funèbres s'élèvent dans
» mon âme brisée ! Comme elles
» s'y accumulent! Comme elles s'y
» choquent alternativement !......

» Étrange effet des passions !.. C'est
» inutilement que je voudrais ban-
» nir encore de mon cœur les
» charmes de celle qui vient de
» le captiver en entier pour la se-
» conde fois : tous mes efforts restent
» impuissans. Aussi-bien, peut-
» être n'étais-je pas entièrement
» guéri de ce premier amour, puis-
» que son image fut toujours pré-
» sente à mes yeux, toujours gravée
» dans le fond de mon cœur... Oh!
» de quels feux je me sens dévoré!
» non, je n'y puis plus tenir : j'ai be-
» soin de la revoir ; il faut que je
» la voye ; qu'à tous mes tourmens
» je réunisse encore ceux de l'a-
» mour ! »

Ainsi parlait Valcourt. A ces derniers mots qu'il prononce avec véhé-
mence, il précipite ses pas vers la
caverne d'Orphall, afin de donner
des ordres pour qu'on suive la
voiture du père de Célestine ; ne

trouvant que ce moyen qui pût lui
faire connaître les lieux qu'elle ha-
bitait. Il a déjà commandé, et déjà
il est obéi : deux coursiers choisis
font voler sur la route que le comte
de Forville a prise, deux des brigands les plus expéditifs de sa bande.

Valcourt ignorait encore en quel
état se trouvait sa troupe, et de
combien elle était diminuée depuis
le combat que venaient de lui livrer
la veille plusieurs corps d'infanterie qu'on avait fait marcher contre
elle pour la détruire ; le lendemain,
dès l'aube blanchissante, il la fit
assembler dans une plaine d'assez
vaste étendue, qui se trouvait au
nord de la caverne d'Orphall, et
ne tarda pas à la passer en revue.
Là, il trouva sa petite armée, qui
auparavant était forte de plus de
cinq cents hommes, réduite à environ trois cents. Dans cette sanglante journée, Valcourt et les siens

s'étaient battus en désespérés , et avaient constamment opposé le courage et l'audace au nombre et à la force de leurs ennemis ; tous enfin, avaient bravé les périls et la mort qui les menaçaient , et la prise de deux pièces de canon avait couronné leur adresse et leur intrépidité.

Valcourt, après avoir parcouru tous les rangs et fait l'inspection de ses soldats, leur fit faire quelques évolutions militaires ; après quoi , élevant la voix , il leur adressa ce discours :

CAMARADES,

« Si je n'ai jamais eu qu'à vous
» louer du courage étonnant à l'aide
» duquel vous êtes toujours sortis
» victorieux des combats qui nous
» furent livrés, c'est surtout à l'oc-
» casion de ce dernier que je dois
» le faire. Il ne s'agissait de rien
» moins que de vaincre nos enne-
» mis, ou de mourir de la main
» du bourreau ; et je dois vous

» donner des preuves de la justice
» avec laquelle je sais récompenser,
» l'heureuse audace et l'intrépide
» valeur. En effet, avec quelle im-
» perturbable fermeté n'avez-vous
» pas marché à leur rencontre ;
» avec quelle impatiente ardeur
» n'avez-vous pas attendu le signal
» du combat ; et lorsqu'il vous a
» été donné, ce signal, qui pourrait
» décrire la courageuse assurance
» avec laquelle vous avez volé à la
» mort ; la fureur avec laquelle vous
» vous êtes élancés sur nos enne-
» mis communs, et précipités sur
» leurs bataillons consternés ? Qui
» pourrait dire l'acharnement que
» vous avez mis à les combattre,
» les ruses que vous leur avez op-
» posées, les retraites feintes, les
» contre-marches soudaines, les
» attaques imprévues, et enfin la
» victoire, qui devint le résultat du
» projet audacieux que sut vous

» inspirer tout à coup votre génie
» créateur, et qui détermina si
» subitement le sort de cette jour-
» née, en nous laissant maîtres
» du champ de bataille, et spec-
» tateurs de l'ennemi fuyant, épou-
» vanté de notre triomphe. Voilà
» cependant l'exacte peinture des
» exploits qui vous signalèrent dans
» cette grande journée. Que dis-je?
» Tout ceci n'est encore qu'une fai-
» ble partie de ce que vous avez fait, et
» je dois le dire à votre gloire, la moin-
» dre action de chacun de vous au-
» rait suffi pour vous mériter la ré-
» putation des héros, si, au lieu
» de venir dans ces forêts, verser
» votre sang sous les ordres d'un
» chef de bandits, la destinée avait
» voulu que vous allassiez le verser
» pour la cause de la patrie. Mais,
» quels que soient ces succès, qu'ils
» ne vous aveuglent cependant pas
» jusqu'à vous faire négliger toutes

» précautions pour l'avenir. Déjà
» sans doute, la renommée a publié
» notre triomphe dans toutes les
» provinces voisines , et la ven-
» geance, alarmée à cette annonce,
» n'attend plus , peut-être, qu'un
» nouveau signal pour fondre sur
» ses vainqueurs , et réparer l'af-
» front que nous avons fait aux
» troupes impuissantes qu'elle avait
» armées contre nous. Nous devons
» donc nous prémunir contre de
» nouvelles tentatives, et chercher
» à nous assurer de bonne heure
» un rempart qui puisse nous
» mettre à l'abri des coups que
» nous prépare encore dans le si-
» lence, sa main puissante et son
» orgueil humilié : car , vous devez
» le savoir ; les revers sont prompts
» à suivre les succès, si l'on ne
» travaille d'avance à faire échouer
» les projets de l'ennemi. Voici
« donc ce que pour aujourd'hui,

» j'ai résolu à cet effet, et ce que
» j'ordonne à tous les chefs infé-
» rieurs, de faire rigoureusement
» observer, durant tout le temps
» que pourra se prolonger l'ab-
» sence que je vais faire.

« 1°. Que les deux cents hommes
qui occupent en ce moment les
forêts de Couvin et de Chiny,
se rendent ici au plutôt, et ne
s'éloignent, ainsi que vous, du
mont Orphall, que de quatre
lieues au plus ; et ayant soin
de ne le faire jamais qu'en nombre
suffisant d'hommes ; sauf à outre-
passer cet ordre, si des cas sérieux
l'exigent.

« 2°. Qu'ensuite de l'arrivée de ces
premiers, il soit fait une revue
générale des cinq cents hommes
qui forment aujourd'hui le com-
plément de la troupe; avec ob-
servation au lieutenant de visiter
scrupuleusement les armes de

chacun, afin de leur en faire fournir d'autres s'il leur en manque, ou si elles ne se trouvent pas en bon état.

3°. Qu'aussitôt après la revue passée, le lieutenant ait à assigner à chaque homme les lieux qu'il devra occuper, ou les travaux auxquels il devra être appelé; lui étant réservé le droit de choisir parmi la troupe, ceux qui seront les plus propres à remplir tel ou tel emploi, pour chacun desquels un certain nombre sera fixé, suivant l'instruction dont je vais faire lecture, et dont il lui sera délivré copie peu avant mon départ.

Article 1ᵉʳ.

« Dix hommes seront envoyés dans les villes qui nous environnent, jusqu'à dix, quinze et vingt lieues aux alentours, pour informer la troupe de tout ce qui pourrait lui être relatif, et, par ce moyen, la prémunir, s'il se peut, contre les dangers qu'elle aurait à courir.

Art. ii.

« Cent cinquante hommes seront employés à élever un fort en gazon sur le mont Orphall, assez grand pour contenir toute la troupe réunie. Il devra être de forme pentagone. La hauteur des remparts devra être de dix pieds, la profondeur des fossés de dix pieds encore, ainsi que leur largeur. Il devra en outre communiquer par des routes souterraines à la caverne qu'occupe la troupe.

Art. iii.

« Les deux pièces prises par quelques-uns de nos braves sur l'ennemi, leur seront données comme un témoignage d'estime et d'admiration rendu à leur courage héroïque par leur capitaine, persuadé que c'est là la récompense dont ils

doivent être le plus jaloux, et qu'ils
verseront plutôt tout leur sang que
de jamais les laisser reprendre.
Plus, dix hommes seront choisis
parmi la troupe, pour leur être
confiés les deux pièces et le mortier
enlevés, depuis plusieurs mois, du
château du comte de Falkeinsteinn.
Ils devront être réunis aux dix
premiers, et former ensemble une
compagnie d'artilleurs qui appren-
dront de suite la manœuvre et le
service des pièces.

ART. IV.

« Trente hommes seront employés
à la fabrique des poudres, en
observant toujours le même moyen
qui a été mis en usage jusqu'à ce
jour ; et trente autres au coulage
des bombes et des boulets, et aux
fourneaux à ce nécessaires.

ART. V.

« Les deux cent soixante hommes
non occupés aux travaux ou em-

plois spécifiés ci-dessus , seront réservés à la garde des issues qui conduisent vers le mont Orphall , ainsi qu'à celle du reste de la troupe , et des ouvrages entrepris pour son intérêt.

Art. vi.

« Il est expressément enjoint aux chefs de ne point s'écarter des lieux où leur présence sera devenue indispensable ; de veiller aux hommes et aux ouvrages dont on leur aura confié la direction , afin qu'il y soit mis toute l'attention et l'activité nécessaires. De plus , il leur est également enjoint de maintenir l'ordre et l'union parmi la troupe , et de lui faire rigoureusement observer la présente instruction ; le tout, sous peine des punitions portées en l'art. 54 de notre code.

A ces mots, la forêt et les caver-

nes d'Orphall retentirent de ces
cris mille fois répétés : *Vive Valcourt ! Vive le Capitaine !* jusqu'à
ce qu'enfin, un signe de celui-ci
vint mettre un terme aux bruyantes
acclamations de toute la troupe,
qui défila bientôt au bruit des
cors et autres instrumens de guerre
que firent entendre les brigands.

Aussitôt que tous se furent retirés, Valcourt s'éloigna pour aller
méditer dans le silence de la forêt,
sur ses destins malheureux, et sa
passion plus malheureuse encore.

Le soleil presque caché derrière
les monts, ne répandait déjà plus
que des lueurs incertaines et mou-
rantes vers l'occident, et l'antique
nuit, penchant son urne, versait
déjà vers l'orient ses ombres mys-
térieuses, quand Valcourt arrivé
jusqu'au sommet du mont Orphall,
s'y assit, pour contempler quelques momens les scènes célestes

qui se succédaient sous ses yeux,

En vain ses regards cherchent
encore sur l'horizon l'astre du jour :
la terre vient de recevoir son dernier sourire. « Avec quelle sérénité
» il vient de terminer sa carrière,
» se dit-il. Comme dans ces nuages
» de pourpre et d'azur il s'est éteint
» majestueusement ! C'est ainsi que
» meurt l'homme de bien : calme
» au jour de la mort, il dépose
» avec résignation le don de la vie,
» et emporte avec lui dans la tombe
» les regrets et les bénédictions de
» ses semblables. Hélas ! il fut un
» temps aussi, dans ma jeunesse,
» où j'aimais à penser que je bril-
» lerais, que je m'éteindrais comme
» lui.... (*Avec déchirement.*) C'était
» une pensée de jeune-homme....
» O jours de l'innocence ! jours de
» la félicité ! comme vous avez passé
» rapidement !... Aujourd'hui que
» la destinée a fait de moi un assas-

» sin, il n'en est plus d'heureux
» à espérer : le bonheur a fait avec
» moi un divorce éternel, et tout
» le reste de ma vie ne doit plus
» être qu'une longue... une cruelle
» agonie. O fatalité ! Ne dois-je
» donc plus sortir du labyrinthe
» des douleurs ! Dieu implacable !
» ne te lasseras-tu jamais de me
» poursuivre, de m'accabler, de
» m'écraser de tout le poids de
» ta colère? Mais, que dis-je?....
» N'est-ce pas moi-même qui ai
» détruit tout le charme qui de-
» vait m'attacher à l'existence ;
» moi-même, qui en m'élançant
» dans la carrière du crime, me
» suis préparé, jeune encore, une
» éternité de supplices. Il me sem-
» ble toujours entendre ces mots
» formidables retentir autour de
» moi : Valcourt, Valcourt, de quoi
» oses-tu te plaindre? La cessation
» de ton bonheur passé, ton état

» présent, tout cela n'est-il pas ton
» propre ouvrage? Oh! qu'ils sont
» vrais, mais qu'ils sont cruels,
» ces reproches! Ils me déchirent
» l'âme! ils m'arrachent le cœur!..
» la malédiction d'un père... le
» courroux d'un Dieu... le mépris
» de Célestine.... de tout ce que
» j'aime!.... rejeté des hommes,
» maudit de tous... proscrit, er-
» rant.... et puis vivre... exister
» encore après tant de coups.....
» moi l'exécration, moi, l'oppro-
» bre de mon pays.... la honte de
» l'humanité!..... O mort! que
» tarde-tu à m'anéantir? Ne suis-je
» pas assez mûr encore pour
» que ta faulx impitoyable s'arrête
» enfin sur moi? Pourquoi fuit-
» elle avec tant de soin l'infortuné
» qui l'invoque, pour s'attacher
» de préférence aux jours de l'heu-
» reux qui la redoute? Laisse-toi
» donc fléchir une fois; frappe,

» et je bénirai le coup qui me dé-
» livrera de la vie. Mais, la barbare !
» elle se rit de ma prière et n'é-
» coute point mes vœux.... Cette
» mort, sans doute, me serait
» trop douce... C'est sur l'échafaud
» qu'une plus juste, une plus in-
» famante m'attend.... Ah ! devan-
» çons-la plutôt ; marchons à sa
» rencontre... Pourquoi gémir sur
» mes maux présens, quand dans
» ma main je tiens l'instrument qui
» peut les finir tous. (*Il s'appuye*
un pistolet sur le front.) Mourir....
» cesser d'être... ne plus voir la
» lumière...ne la plus voir jamais...
» jamais !... quel mot !... Mais, ne
» plus souffrir.... ne plus sentir....
» être délivré du poids de mes re-
» mords... ô délices ! Cependant...
» je ne sais quoi me retient... quelle
» voix.... quel espoir semble en-
» core.... (*Avec élan.*) Non, non,
» ne nous laissons point terrasser

» par le malheur ; sachons toujours
» braver ses coups, épuiser toute
» sa fureur, sans que par son achar-
» nement à nous déchirer, il puisse
» nous vaincre, ni même nous ar-
» racher une plainte!... Oui! je
» veux supporter le fardeau de ma
» vie et le poids de mes remords...
» je veux affronter mes destinées!..»

C'est ainsi que, tantôt se laissant
abattre par les remords et le désespoir
et tantôt s'armant de ce courage
supérieur à tous les coups du sort,
Valcourt voulait, ou déposer dans
la mort le fardeau de son existence,
ou insulter à tous ses supplices.

Cependant, le soleil avait déjà
parcouru deux fois sa carrière, depuis que les brigands auxquels il
avait ordonné de suivre la voiture
du comte de Forville, étaient
partis, et rien n'annonçait encore
leur retour, quand, sur la fin de
la journée suivante, ils arrivèrent

enfin, et surprirent leur capitaine
assis sur un rocher, à quelque distance de la caverne, et vraisembla-
blement, plongé dans de sérieuses
méditations. Au bruit du galop de
leurs chevaux, ce dernier leva la
tête, et, les ayant aperçus, il fit
involontairement quelques pas au-
devant d'eux. Aussitôt qu'ils eurent
mis pied à terre, Valcourt les engagea à s'asseoir près de lui; ce qu'ils
firent. Là, les brigands lui appri-
rent que, selon ses ordres, ils
avaient suivi la voiture du comte
de Forville, de loin, et avec toutes
les précautions possibles pour n'être
point découverts; et qu'après une
vingtaine de lieues environ, elle
s'était arrêtée, le lendemain soir,
sous les murs d'un vieux château
peu éloigné de Bouillon, où le
comte et sa fille étaient entrés. Ils
ajoutèrent qu'ils avaient été s'informer au prochain village pour

s'assurer si c'était effectivement là
sa demeure ; et que, sur l'affirma-
tive de quelques bons paysans qu'ils
avaient trouvés, ils en étaient partis aussitôt pour revenir lui rendre
compte de leur voyage.

Après cette explication, Valcourt
les congédia ; et brûlant du désir
de revoir Célestine, il se hâta de
retourner à la caverne, pour y donner encore quelques ordres avant
d'effectuer son départ. « Et que ce
» soient les derniers, se dit-il ;
» qu'ils n'en attendent pas davan-
» tage de moi. Assez long-temps
» j'ai dirigé leurs coups; assez long-
» temps je me suis montré à leur
» tête l'exterminateur de mes sem-
» blables, pour que la voix du re-
» pentir se fasse entendre, et soit
» enfin obéie. Oui, dans une heure
» j'aurai déserté ces lieux, pour
» n'y plus rentrer. Loin de ces vas-
» tes repaires du crime, le bourreau

» de l'humanité ira traîner ses jours
» odieux, exhaler sa vie dans les
» tourmens! O Dieu vengeur! tu
» vois mes remords; seront-ils sans
» efficace devant toi? »

Tout en parlant ainsi, Valcourt
était arrivé à la caverne. Il fait
assembler une partie des chefs; leur
donne quelques instructions rela-
tives aux projets de défense dont
il a déjà fait mention, et part
ensuite, après avoir remis le com-
mandement au lieutenant de la
bande, et enjoint aux brigands
de lui obéir comme à lui-même.

Laissons-le franchir avec une rapidité étonnante la route qui conduit
au château du comte de Forville,
et dans le cours de laquelle il ne lui
est arrivé rien d'extraordinaire, pour
retourner à celui-ci et à sa charmante
fille, que nous avons laissés au moment de leur départ.

CHAPITRE III.

C'est alors que les charmes de cette fille
enchanteresse vont par torrens à son
cœur, et qu'il commence d'avaler à longs
traits le poison d'ont elle l'enivre.

J.-J. ROUSSEAU. (*Emile, liv. IV.*)

La voiture du comte de Forville
roulait avec la plus grande vîtesse,
et avait déjà laissé loin derrière elle
la montagne et les forêts d'Orphall,
que Célestine tournait encore les
yeux vers l'endroit où elle venait de
dire adieu au plus aimable, au plus
aimé des mortels. C'était en vain
qu'elle voulait tourner ses regards
sur d'autres objets; un charme irré-
sistible les tenait enchaînés, comme
malgré elle, vers les lieux où elle
croyait encore apercevoir ce Valcourt
dont la vue seule venait de rallumer

dans son cœur, et avec plus de
force encore qu'auparavant, tous
les feux que naguère il y avait fait
naître.

Depuis les premiers jours de l'a-
dolescence, Célestine, au milieu
d'une nature hardie et pittoresque
qu'elle ne cessait d'admirer, loin
d'un monde corrompu et pervers,
qu'elle ne connaissait point, consa-
crant tous ses momens à la bienfaisance, à l'amitié, et aux devoirs
qu'impose la tendresse filiale, avait
toujours coulé d'heureuses années
au château de Forville ; mais,
hélas ! il vient un âge où tout enchantement s'évanouit, où, pressé
du besoin d'aimer, un jeune cœur
soupire, forme des désirs vagues,
et cesse de trouver des charmes
dans les plaisirs qui, jusqu'alors,
avaient composé seuls tout son
bonheur ; il est un jour où l'amour
commence à se faire comprendre,

et où il vient sourire à une imagination neuve encore; il est un jour où, triomphant de notre indifférence, il laisse en fuyant, dans le fond du cœur qu'il a blessé, d'éternelles marques de sa puissance et de sa tyrannie.... Et ce jour.... ce redoutable jour devait aussi luire pour l'innocente et malheureuse Célestine.

Devenue depuis quelque temps triste et silencieuse, le sourire avait cessé d'errer sur ses lèvres, la joie ne s'était plus montrée sur son front; et, sentant tout le vide des plaisirs qui lui avaient été familiers jusqu'alors, elle n'avait plus recherché que les endroits écartés et propres à la mélancolie. Le Comte, surpris d'un tel changement, et ne sachant à quoi l'attribuer, n'avait point cru de plus sage parti à prendre pour en faire cesser la cause, quelle qu'elle pût

ê're, que celui de la retirer de
l'espèce de solitude où elle avait
toujours vécu, et de lui faire connaître le monde, pour lequel sa
fortune et son rang la destinaient
un jour. C'était donc dans ce dessein qu'il avait pris sur lui d'ac-
compagner sa fille chez un de ses
amis qui voulait, par des fêtes magnifiques, célébrer l'anniversaire
de sa naissance, et chez qui, ce
jour-là, devait se trouver toute
la noblesse des environs. Hélas!
c'est de cette époque que la fille
du comte de Forville, à peine entrée dans le monde, regretta les
jours de la retraite, de l'innocence
et du bonheur qu'elle ne devait
plus connaître.

Valcourt, dont la tête avait été
mise à prix, et qui comptait tous
les hommes pour ennemis, Valcourt, intéressé à connaître les
pensées, et à pénétrer les desseins

de tous ceux qui, par leur fortune
ou leur rang, devaient lui paraître
suspects, s'était mêlé parmi la foule
joyeuse que l'attrait du plaisir avait
appelée au château. Bientôt il vit
arriver dans une des salles, où il
se trouvait alors, la belle, la sensible, la vertueuse Célestine. Conduite par son père, elle fut pré-
sentée par lui à l'assemblée, pour
laquelle elle avait toujours été étran-
gère, et qui, pour la première
fois voyait tant de charmes réunis
à tant de modestie. A sa vue, un
cri de surprise et d'admiration s'é-
tait fait entendre de toutes parts,
et le vif incarnat dont ses joues
s'étaient couvertes alors, ajoutant
un nouvel éclat à sa beauté, n'a-
vait fait que prolonger les hom-
mages involontaires des uns et les
éloges multipliés des autres. Cherchant à se dérober à l'attention
universelle, la timide Célestine

avait tourné ses regards vers un
endroit de la salle, d'où Valcourt,
seul et appuyé contre la muraille,
fixait tristement, et dans le silence, l'objet qui venait d'exciter tant
d'applaudissemens; leurs yeux s'é-
taient rencontrés en même temps,
et ce moment avait décidé de tout
le reste de leur vie. Valcourt,
après l'avoir contemplée long-
temps dans la même attitude,
emporté tout à coup par la force
d'une passion qui, quoique dans
sa naissance, avait déjà fait sur lui
des ravages surprenans, s'en était
approché aussitôt, lui avait parlé,
avait su lui plaire, et, s'en étant
aperçu, avait osé lui faire l'aveu
de son amour. La naïve Célestine,
brûlant déjà des mêmes feux que
lui, et peu savante dans l'art de
dissimuler, n'avait pu lui répondre
que par un aveu semblable. Après
s'être long-temps enivré de l'espoir

du bonheur , et de la vue des
charmes de sa nouvelle amante,
Valcourt lui avait renouvelé les
protestations d'une tendresse éternelle ; puis, tous deux s'étaient
séparés, emportant dans le fond
de leurs cœurs, le trait mortel qui
venait de les blesser.

Depuis cette époque, la fille du
comte de Forville n'avait plus revu
Valcourt. Celui-ci, comme on le
sait, se reprochant sa faiblesse,
et ne voyant plus dans cet égarement du cœur, qu'une malheureuse passion qu'il ne devait et ne
pouvait jamais espérer satisfaire,
n'avait plus cherché, dès lors, qu'à
l'effacer entièrement de son souvenir ; mais Célestine, l'aimante Célestine, ignorant que c'était à un
chef de bandits qu'elle avait ac-
cordé sa tendresse , n'avait pu
chasser loin d'elle l'image de son
parjure amant ; et, malgré le

prompt oubli qu'il en avait fait,
elle avait toujours brûlé pour lui
d'une flamme que le temps n'avait
fait qu'accroître, jusqu'à ce qu'enfin, exposés, elle et son père,
à la merci d'une troupe d'assassins, ils avaient trouvé dans Valcourt, un généreux libérateur.

O bizarrerie des évènemens,
qui en rallumant le feu de l'amour
dans le cœur de mon héros, ne l'é-
teignit pas dans celui de sa malheureuse amante !....

Célestine venait de reconnaître
dans un chef de brigands, celui
qui, par sa beauté, ses manières
séduisantes, son langage passionné,
touchant et persuasif, avait su naguère captiver son cœur, et con-
centrer en lui seul toutes ses affec-
tions. Ne voyant plus dans l'objet
de sa tendresse qu'un scélérat,
un vil proscrit, que poursuivaient
en vain depuis long-temps le glaive

des lois et la haine des peuples,
tout faisait présumer qu'elle ou-
blierait le misérable qui, profitant
de son inexpérience et de sa crédu-
lité, avait voulu la faire tomber
dans des piéges tendus par la fourbe,
l'effronterie, la dépravation, le
crime et l'infamie : au contraire,
loin d'étouffer dans son cœur une
passion si funeste, ces affreuses
lumières n'avaient fait qu'en aug-
menter la force, en doublant son
désespoir.

Elle ne pouvait plus se tromper
sur sa profession, ni se cacher les
forfaits du grand coupable qu'elle
aimait, ainsi que l'impossibilité
d'unir jamais son sort au sien ; mais
l'amour avait déjà fait de trop ra-
pides progrès sur elle, pour qu'elle
pût songer à l'effacer de son souvenir, et à lui retirer sa tendresse;
d'ailleurs, Valcourt l'arrachant,
elle et son père, à la mort plus que

certaine qui leur était réservée, ne
devait plus paraître à ses yeux, le
même dont le poignard assassin
immolait sans distinction tous ceux
que la fatalité faisait tomber entre
ses mains. Valcourt, avec une figure intéressante, un air de majesté, un son de voix touchant, un
cœur parfois sensible, et une âme
magnanime, où tout décélait les
regrets et les douleurs dont elle
était déchirée, ne pouvait non plus
lui paraître un de ces monstres
sanguinaires et inaccessibles à la
pitié, qui égorgent sans effroi,
sommeillent sans agitation, et achè-
vent le cercle de leurs meurtres
sans avoir jamais connu les remords. Célestine était donc portée
à croire, soit par excès de tendresse pour mon héros, soit effectivement par suite des conjectures
auxquelles sa conduite contradic-
toire et ses profonds chagrins

avaient donné lieu, que s'il s'était
laissé entraîner dans la carrière du
crime, il y avait été poussé par
une puissance impérieuse, et par
suite de grandes catastrophes dont
il avait été victime; et que, sans
doute, ce n'était qu'à regret, et
en gémissant sur ses malheureuses
destinées, qu'il se voyait condamné
pour toujours à tremper ses mains
dans le sang de ses semblables.

« Non, se dit-elle, non, je ne
» puis croire qu'il se soit rendu
» volontairement coupable. Cepen-
» dant.... qui me l'assure? N'aurait-
» il pu, depuis si long-temps, ab-
» jurer une profession indigne de
» lui, et rentrer dans le sentier
» de la vertu? D'ailleurs, serait-il
» possible qu'il eût été forcé à
» s'armer malgré lui d'un fer ho-
» micide, et à traîner dans ces
» profondes forêts, des jours si
» criminels?.... Ah malheureuse !

» pourquoi suis-je si ingénieuse à
» l'excuser, lorsque tout parle
» contre lui, que tout l'accuse,
» que tout le condamne!... Hélas!
» il est coupable; mais je l'aime,
» et voilà pourquoi je voudrais le
» trouver innocent.... Mais, c'est
» en vain : toute la terre a retenti
» de ses forfaits; les ombres de
» ceux qu'il a poignardés, se sont
» élevées sanglantes du fond de
» leurs cercueils, en nommant
» leur meurtrier; et le ciel, in-
» digné de tant d'attentats, n'at-
» tend plus peut-être, pour signa-
» ler sa justice, qu'un nouveau
» crime encore de l'assassin... du
» parricide.... O Dieu clément!
» resteras-tu sourd à mes prières?
» Entends-les, Dieu vengeur! en-
» tends-les, et pardonne-lui... ou
» que ta foudre, plutôt, nous
» anéantisse tous les deux en même
» temps!...»

Telles étaient les réflexions, et
tels étaient les discours et les souhaits
de Célestine, dans la voiture du
comte de Forville, son père.

Quant à ce dernier, la tête appuyée sur une main, il paraissait absorbé dans une foule de pensées non
moins amères. Souvent, il levait
avec précipitation des yeux inquiets
et scrutateurs sur sa fille, puis les
baissait, pour la fixer encore le moment d'après. On eût dit qu'il voulait pénétrer, et lire dans le fond de
son cœur navré, une partie des
sentimens qu'y avait fait naître
l'action magnanime et récente de
leur commun libérateur. Enfin,
son air inquiet, son regard farouche, son esprit rêveur, son
silence, tout décélait en lui un
homme, que les appréhensions
d'un malheur nouveau et prochain
agitaient singulièrement.

Cependant Célestine, long-temps

après avoir perdu de vue des lieux
qui lui avaient rappelé une passion
fatale et de si douloureux souvenirs, s'était doucement laissé entraîner, de même que le Comte,
dans de profondes et sombres méditations. Mille pensées déchirantes
se présentaient en foule à son esprit.
Elle tremblait en réfléchissant sur
les suites malheureuses qui pouvaient devenir le résultat de la
coupable flamme dont elle brûlait
pour mon héros. En vain voulait-
elle combattre cet amour criminel
qui avait pris place dans son cœur;
elle n'y pouvait parvenir. Ce tyran
dont on a fait un dieu, depuis
long-temps déjà exerçait sur elle
un empire absolu, et il n'était plus
moyen de lui résister. « Non, je sens
» que je ne saurais le haïr, se dit-
» elle; d'ailleurs, il a des droits
» incontestables à ma reconnais-
» sance.... à mon affection, puis-

» que... je lui dois la vie, celle de
» mon père ; mais je saurai le fuir ;
» oui , un couvent deviendra l'éter-
» nel asile où j'irai ensevelir mes
» douleurs , et expier mon crime,
» puisque c'en est un de l'aimer !»

Le bruit que causa la voiture en
roulant sur le pont-levis du château
de Forville, vint enfin arracher le
Comte et sa fille à leurs tristes réflexions. Aussitôt après en être des-
cendus , tous deux se rendirent
dans la salle à manger, goûtèrent
de quelques mets qui leur furent
servis , puis se séparèrent , pour
aller prendre quelques momens de
repos.

Célestine ne put fermer l'œil de
la nuit ; aussi fût-elle levée avec
l'aube matinale. Attirée au dehors
par le majestueux spectacle de la
naissance du jour, elle quitta sa
chambre, et descendit dans le parc,
espérant que les beautés de la

nature à son réveil, feraient diver-
sion à sa douleur, et ramèneraient
le calme dans son âme. Le brillant
coloris des cieux, la fraîcheur du
matin, le parfum des fleurs, le
concert des oiseaux, tout, en ce
moment, présentait dans l'immense
création, le tableau de la jeunesse,
de la santé, du bonheur et des
enchantemens. Les yeux jetés tour
à tour sur la vaste étendue de la
terre et des cieux, Célestine admire
dans un silence religieux, tant de
merveilles ; un demi sourire, même,
vient errer sur ses lèvres ; mais ce
sombre sourire est celui de la désolation ; elle voit tout heureux
autour d'elle ; elle est la seule dont
les souffrances intérieures détrui-
sent tout le charme de l'illusion.
O riante nature ! quelle amère dé-
rision tu deviens pour le malheureux ! Cependant, il te cherche
encore dans la douleur, il te cherche

même avec plus d'empressement qu'au jour de la prospérité. Quelle est donc ton influence sur lui? Serait-ce que, tout en insultant à ses maux, tu lui montres de loin en loin l'espérance, fais descendre peu à peu la consolation dans son âme, et lui rends par la succession de tes tableaux toujours grands, toujours magnifiques, toujours variés, toute sa première énergie?...

Cependant, Célestine poursuivant sa promenade, venait de s'enfoncer, sans s'en apercevoir, dans un petit bois qui se trouvait dans la partie la plus reculée du parc. Surprise enfin de se trouver environnée d'objets inconnus, elle allait retourner sur ses pas, quand, tournant la tête, une île charmante vint s'offrir à sa vue. Le désir de la parcourir, lui fit aussitôt chercher tous les moyens de pouvoir y aborder. Une petite nacelle, cachée

dans un enfoncement ombragé de
saules et de cerisiers, se présenta à
propos pour satisfaire sa curiosité.
Après avoir jeté un nouveau regard
de surprise et d'admiration sur tout
ce qui l'entourait, elle sauta légè-
rement dans la barque; puis s'em-
parant des rames, elle la dirigea
vers l'île, où elle arriva enfin, non
sans quelque difficulté.

Qui pourrait peindre tout ce
qu'elle ressentit à la vue de ce séjour ravissant, que lui avaient
caché jusqu'alors les berceaux de
verdure et les bouquets de bois
dont ses bords étaient garnis ?
Elle se crut transportée aux premiers jours du monde, lorsque
la terre, vierge encore, n'avait pas
besoin, pour produire les fruits et
les moissons, d'être arrosée des
sueurs de l'humanité pervertie. Le
soleil venait de s'élever dans le
vague de l'air, et dardait déjà ses

rayons naissans sur le liquide élément qui bornait l'île, et sur l'île elle-même. Emaillée de mille et mille fleurs, il s'en exhalait les parfums les plus suaves, qui, emportés sur l'aîle des zéphyrs, embaumaient l'air des plus agréables odeurs. Toute sa surface était couverte de tapis de gazons verdoyans, qui, chargés d'une rosée abondante, présentaient partout à l'œil enchanté, une richesse de lumières et de couleurs, dont on entreprendrait en vain de peindre l'éclat; les bocages n'y retentissaient que des concerts joyeux qu'y faisaient entendre alternativement les chantres heureux de la nature, seuls hôtes que renfermait l'île. Ici, était un canal qui la partageait en deux, à l'aide des eaux de la Semoie, qu'on y avait fait arriver, et sur laquelle on avait eu soin de construire plusieurs petits ponts, pour

pouvoir communiquer d'une partie
à l'autre; là, se faisait remarquer
un magnifique pavillon chinois,
désert comme le reste de l'île; plus
loin, une petite montagne artifi-
cielle dominait sur toute son étendue, et laissait distinguer à l'œil
observateur, d'un côté, les tours
antiques du manoir des comtes de
Forville; de l'autre mais dans un
lointain assez considérable, une
partie du château-fort de la ville
de Bouillon; et, tout autour, les
redoutables forêts de l'Ardenne.

Cette profonde solitude où nul
mortel ne paraissait avoir encore
pénétré, avait je ne sais quoi d'at-
trayant dans sa sombre et sauvage
majesté, qui fit que Célestine la
préféra bientôt à tout autre lieu,
pour but de ses promenades. C'est
là que souvent, loin des importuns,
seule avec son cœur et sa mémoire,
elle allait s'entretenir de sa passion,

et de sa douleur; c'est là que, dès
la naissance du jour, ou à son dé-
clin, elle allait s'asseoir sur les
bords agrestes de la Semoie, et
confondre ses soupirs amoureux
avec le doux murmure de ses eaux
fugitives ; ou, s'égarant parmi les
berceaux de verdure et les massifs
de bois dont l'île était couverte,
elle se plaisait à mêler sa triste voix
aux chants d'amour de la plain-
tive philomèle.

Trop confiante pour soupçonner
du danger jusque dans le parc
même attenant à la demeure du
Comte son père, Célestine s'était
fait une douce habitude de se rendre
à son île chérie, toutes les fois que
le temps le lui permettait, et toujours, ce n'était qu'à regret qu'elle
la quittait pour rentrer au château.

Un matin donc, que de riants
songes avaient bercé son imagination des douces illusions de

l'espérance, et que toute la nature
attendait dans le silence que l'astre
du jour revînt donner la vie et le
mouvement à l'univers, Célestine
retrouvant un instant de calme et
de gaîté, s'empressa de sortir pour
se rendre dans le parc, afin d'y
être témoin du spectacle imposant
qui allait s'opérer dans les cieux.
Elle venait d'aborder dans l'île.
Assise sur un lit de gazon et de
mousse, non loin des bords de la
rivière où elle avait assuré sa nacelle,
elle observait avec attention les
riches couleurs dont l'orient se dé-
corait graduellement, quand tout
à coup, un bruit léger, mais alar-
mant, se fait entendre à quelques
pas derrière elle; Célestine se retourne, et voit.... quatre hommes
qui sortent d'un taillis épais, et
se précipitent vers elle. A cette vue,
mon héroïne se relève, et fuit
promptement vers la nacelle. Alors,

une voix rauque se fait entendre...

« Arrête, s'écrie-t-elle. — Ne nous
» pressons pas tant, reprend une
» seconde voix; elle est à nous.
» — Elle est à nous, répète for-
» tement une troisième... à nous...
» Si nous n'avons pas trouvé la
» fortune ici, du moins nous y
» aurons trouvé le plaisir.» Cependant la tremblante Célestine est arrivée sur le bord de la rivière, elle
va se jeter dans la nacelle... mais...
ô malheur! quelles mains cruelles
s'en sont emparées ? Elle n'est
plus où elle l'a attachée; elle a disparu : c'est en vain que ses regards
la cherchent. Au milieu d'un danger si pressant, elle n'en voit point
de plus grand que celui de tomber
entre les mains des hommes vils
qui la poursuivent. « Ah! s'écrie-t-
» elle, la mort est cent fois pré-
» férable au déshonneur qu'on me
» prépare!» Elle dit, et sans plus

faire d'autres réflexions , elle descend rapidemeut sur le rivage de
la Semoie, pour échapper à l'ou-
trage ; mais les barbares qui croient
deviner son dessein , hâtent le pas,
et arrivent au moment où elle allait
s'y précipiter. Ils l'entraînent aussitôt loin de ses bords , lui jettent
un mouchoir sur la bouche pour
étouffer ses cris, dont toute l'île a
déjà retenti , et la portent ainsi,
presqu'inanimée , sous le feuillage
des bosquets qui longent le canal.
Là, les bourreaux de l'innocence
se disposent à assouvir sur leur
mourante victime , tous leurs désirs
infâmes. Mais , quel est cet homme
qui apparaît tout à coup derrière
eux? Il est enveloppé d'un long
manteau, sa démarche est fière,
son regard sombre, sa taille plus
qu'humaine. Les scélérats , tout
entiers à la fille du comte de Forville , ne l'ont pas encore aperçu;

mais bientôt , il fait entendre sa
voix formidable et solennelle.
« Monstres , s'écrie-t-il , en écar-
» tant son noir manteau , me re-
» connaissez-vous? — Morbleu ,
» notre capitaine ! s'écrient les bri-
» gands. — Non , il ne l'est plus,
» votre capitaine ; l'inexécution de
» vos sermens le dégage des siens.
» Fuyez, lâches ravisseurs!... fuyez,
» ou redoutez ma colère. » Célestine , à ces derniers mots, rouvre
les yeux , et les fixe sur son sau-
veur. Immobile et dans le silence,
il la regarde avec attendrissement ;
mais elle les referme bientôt , et
perd tout sentiment, en reconnais-
sant dans ce noble défenseur de
la vertu outragée, Valcourt lui-
même, qui cherche aussitôt à lui
prodiguer les plus prompts secours.

Au bout de quelque temps ,
Célestine revint à la vie. « O dieu !
» où suis-je , s'écrie-t-elle en pro-

menant des yeux égarés autour
d'elle? — Hors de tous dangers,
» fille céleste! s'écrie à son tour mon
héros, en se prosternant à ses pieds.
» — Hors de tous dangers... répète
» Célestine. — Il n'en est point à
» redouter pour l'innocence, re-
» prend Valcourt avec effort. Ame
» privilégiée! ton souffle est pur...
» le ciel veille sur toi. — Le ciel...
» — Je suis le seul qu'il ait aban-
» donné. — O mon Dieu! tu l'en-
» tends... il est le seul que tu aies
» abandonné... et je lui suis rede-
» vable de la vie... — Vous ne me
» devez rien.... — La destinée ne
» vous a-t-elle donc fait passer par
» tant de chemins de sang, que
» pour m'arracher à la mort et au
» déshonneur. — La destinée....
» (Avec frémissement.) Je n'ai pas
» à la remercier. — Homme inex-
» plicable! — Ah! dites plutôt in-
» fortuné....» Valcourt se relève

à ces mots, et s'éloigne à grands
pas. Ses yeux sont hagards, son
pied frappe la terre avec fureur ;
et de son bras homicide, il se tord
les cheveux, se meurtrit le sein.
Peu après, il regarde les cieux, et
se rapproche de Célestine. « Fille
» du comte de Forville, lui dit-il
d'une voix douloureuse et forte,
» tu as déchiré mon cœur. Perdu
» dans l'ivresse d'une belle action,
» je pouvais, un instant encore,
» connaître le bonheur : tes paroles
» viennent de détruire tout le
» charme de l'illusion ; je suis re-
» tombé dans le désespoir. — O
» mon Dieu ! il est retombé dans
» le désespoir.... C'est moi qui l'ai
» fait retomber dans le désespoir !..
» — C'est en vain que je voudrais
» revenir à la vertu ; une barrière
» insurmontable s'est élevée entre
» moi et le bonheur. – Le bon-
» heur !.. Dis-moi, homme extraor-

» dinaire, dont je ne puis com-
» prendre les actions bienfaisantes
» non plus que les crimes ; tu m'as
» sauvé deux fois la vie, celle de
» mon père, mon honneur ; dis-
» moi donc ce que je puis faire
» pour toi, pour ton bonheur...
» — Tout... rien... — Tout.... tu
» as dit tout ! Parle... tout ce qui
» dépend de moi, tout ce qui est
» en mon pouvoir... je suis prête...
» je t'écoute. — Tu m'écoutes....
» et moi, il m'est défendu de te
» parler. Je pars... je vais... aussi
» loin que les destinées et les re-
» mords me conduiront. Adieu,
» ange du ciel ! adieu, tout ce que
» j'aime ! (*Il lui prend une main,*
qu'il couvre de larmes et de baisers.)
» Adieu ! s'écrie-t-il pour la der-
» nière fois en s'éloignant. Je ne
» dois plus te revoir. Plains-moi
» quelquefois. Je fus criminel ;
» mais pas indigne de ta pitié.

» — Ah ! malheureux , où vas-tu?
» s'écrie Célestine. — Mourir loin
» de toi ! répond Valcourt d'une
voix suffoquée. Célestine l'appelle
encore. Valcourt poursuit sa marche , et n'a plus la force de répondre. « Ah ! s'écrie-t-elle , et moi
» aussi , tout m'abandonne. » Et
elle tombe sans connaissance.

Cependant Valcourt qui, comme
un insensé , précipite ses pas loin
de Célestine, dans la douloureuse
persuasion qu'il ne peut plus lui
inspirer d'autres sentimens que le
mépris et la haine, Valcourt ne
peut se refuser au désir de lui lancer encore un dernier regard
d'adieu. Il se retourne , il voit sa
malheureuse amante étendue sur
un tertre de gazon , les yeux tour-
nés vers le ciel, et ne donnant
plus aucun signe de vie. Interdit ,
il la fixe long-temps , immobile.
Continuera-t-il de fuir , ou retour-

nera-t-il lui prodiguer ses secours.
Il flotte dans l'irrésolution. Enfin
l'amour le ramène aux pieds de
Célestine. Déjà, l'eau de la Semoie
a coulé sur son beau visage, et
bientôt elle rouvre les yeux. « O ma
» bien-aimée ! s'écrie Valcourt
» transporté de joie, reviens, ah !
» reviens à la vie ! C'est ton amant,
» c'est ton libérateur qui t'en con-
» jure ! — Eh quoi ! tu veux que
» je vive, répond Célestine d'une
» voix éteinte , et toi, tu veux
» mourir ! Assure-moi donc que
» tu n'attenteras pas à tes jours,
» je n'y consens qu'à ce prix. — As-
» sure-moi donc à ton tour, que
» tu ne me hais point, reprend Val-
» court avec déchirement. — Eh !
» puis-je haïr celui auquel je dois
» tout ? — Ce n'est pas cela... que
» tu m'aimes.... — Que je t'adore,
» barbare !... N'as-tu pas su le de-
» viner encore, lorsque tout en

» moi atteste ton triomphe, lorsque
» mes cris, mes larmes, mes priè-
» res et mes gémissemens te con-
» firment ma défaite. Oui , mal-
» heureux ! je t'adore, et c'est en
» vain que ma vertu combat ce
» criminel amour; je sens que tu
» es nécessaire à mon existence,
» que je ne puis vivre sans toi.
» Les forfaits dont ta main s'est
» souillée, ont élevé pour jamais
» entre nous deux une triple bar-
» rière; mais il est trop tard pour
» résister à des feux si dévorans.
» Jamais je ne serai à toi; mais
» jamais non plus je ne serai à un
» autre, et je t'en fais ici le ser-
» ment : oui, toujours je t'aimerai,
» je te resterai fidèle. O mon ami!
» ne perdons pas tout espoir....
» Une éternité au-delà du tom-
» beau !... La mort pourra nous
» réunir!... Tu m'entends?... Re-
» deviens donc vertueux, et mé-

» rite-moi! — Vertueux, répond
» Valcourt lentement, vertueux!..
» (*Avec effroi.*) Eh! le puis-je?
» N'est-il pas passé, le temps du
» repentir.... Fille du comte de
» Forville, poursuit-il avec force,
» il n'est plus pour moi de pardon.
» Là haut il est un Dieu vengeur!...
» — Là haut, reprend mon hé-
» roïne avec enthousiasme, là haut
» aussi, il est un Dieu clément,
» qui ne repousse jamais de son
» sein, le coupable qui revient à
» lui. Amant de Célestine! poursuit-
» elle d'un ton prophétique; vois-tu
» les cieux? Regarde: c'est de là
» que l'Eternel te tend les bras!
» Rends-toi donc digne du pardon,
» et la félicité peut encore luire
» pour toi. Ah! ne me punis pas
» de t'avoir aimé. » Valcourt garde
long-temps le silence. Son front est
radieux; il semble renaître au
bonheur. Enfin il s'écrie: « Eh bien!

» oui, j'y veux croire, puisque
» c'est toi qui me le promets. Di-
» vine amie! oui, il est encore de
» l'espoir; je deviendrai digne de
» te posséder. C'est au-delà du
» tombeau qu'une éternité de jouis-
» sances nous attend!... Ame de
» ma vie! poursuit-il en se jetant
» dans ses bras, c'est donc à toi,
» que je devrai tout! » Il dit, et
le baiser du crime a souillé les
lèvres de l'innocence. Long-temps
il la presse avec attendrissement
sur son sein, et, comme anéanti
dans une céleste ivresse, il semble
avoir perdu le sentiment de son
infortune, et ne plus exister que
par elle.

Enfin, ils songent tous deux à
se retirer. « Jure-moi, lui dit Valcourt, en l'accompagnant jusque
sur les bords de la Semoie, jure-
» moi que je te reverrai encore
» demain ici. — Pour la dernière

» fois, répond Célestine. — Pour
» la dernière fois, répète Valcourt. »
Et la fille du comte de Forville a
repassé la rivière sur un pont volant
que mon héros venait de découvrir.

« Fille céleste ! se dit-il en la re-
» gardant s'éloigner, tu m'aimes,
» tu m'as dit que tu m'aimais... et
» je t'ai ravi ton repos, ton bon-
» heur..... Tu méritais un trône,
» et je n'ai qu'un échafaud à t'of-
» frir..... Ah ! ne reviens pas.....
» Fuis l'assassin, fuis le parricide!...
» Il te perdrait avec lui! » A ces
mots, il détourne les yeux de dessus Célestine, et regagne avec effroi
le pavillon de l'île, qui lui servait
de retraite depuis quelques jours.

CHAPITRE IV.

Qu'entends-je ?... C'est le son lugubre et sourd
de ces voûtes retentissantes sous mes pas : les
échos de ces murs, long-temps endormis, sont
réveillés par moi, et poussent un long gémis-
sement.

Hervey. (*Tombeaux.*)

Le lendemain, la fille du comte
de Forville, fidèle à sa promesse,
s'achemina vers l'île, où déjà, plein
d'impatience, l'attendait le passionné Valcourt. Du plus loin que
celui-ci l'aperçut, il précipita ses
pas au-devant d'elle, et, tombant
sans voix à ses pieds, lui prit une
main qu'il couvrit de baisers : un
regard de tendresse, un soupir,
furent la réponse de Célestine. O
silence éloquent! que tu en dis
bien plus que la parole! toi seul,

oui, toi seul expliques bien la pureté, l'étendue, la force, les effets d'une passion que chacun à son tour éprouve, mais qu'aucune langue ne peut rendre, qu'aucun mot ne peut peindre, qu'aucune voix, qu'aucun accent ne peut bien exprimer !

Aussitôt que ces premiers momens d'une émotion involontaire furent passés, Célestine s'empressa de relever Valcourt, qu'elle conduisit sur un banc de gazon qui se faisait apercevoir à une légère distance de là. « Divine amie ! Devais-je croire au bonheur de te revoir encore.... » Tels sont les premiers mots que Valcourt prononce. « Ne te l'avais-je pas promis, répond Célestine avec timidité ? As-tu pu douter un instant de mon amour pour toi ? — Non, mais j'en suis indigne... s'écrie-t-il avec ivresse ; que ne

» m'est-il permis de m'abandonner
» au sentiment délicieux que tu
» m'inspires , de partager ma vie
» avec toi, de vivre pour t'aimer !...
» Hélas ! je ne le puis plus : le crime
» m'ôte aujourd'hui la douceur d'y
» prétendre , et ta tendresse pour
» moi, au lieu de tempérer la violen-
» ce de mes remords , ne fait plus
» qu'en redoubler les déchiremens
» et l'horreur.»

Célestine , à ces mots, fit tout
ce qu'elle put pour calmer son
malheureux amant, et y parvint
enfin. Au milieu des transports
ardens, mais respectueux, de leur
tendresse, ils oublièrent bientôt
jusqu'à leurs maux, et s'étourdirent
entièrement sur les suites funestes
d'un attachement qui ne pouvait
et ne devait jamais être couronné
par le bonheur. Enlacés dans les
bras l'un de l'autre, ils épanchaient
leurs tendres cœurs en liberté, se

parlaient de leur amour, s'en pro-
diguaient toutes les marques, et
ne s'apercevaient plus, dans l'égarement du plaisir, que le temps
s'écoulait avec rapidité, et que le
soleil allait bientôt atteindre la
moitié de sa carrière. Enfin, ce fut
Célestine qui, la première le remarquant, se dégagea subitement
des bras de Valcourt, en pronon-
çant un long et douloureux adieu.
A ce mot terrible, qui le rappelle
de son état d'ivresse, mon héros
pousse un profond soupir. « Me
» promets-tu, lui dit-il en l'accompagnant comme le jour d'avant,
» me promets-tu pour demain, le
» bonheur de te revoir encore?
» — Pour la dernière fois, répond
» Célestine. — Pour la dernière
» fois, répète Valcourt. Et Célestine a repassé la Semoie.

Le lendemain, le surlendemain,
revit encore nos malheureux amans

dans l'île, toujours plus tendres, plus
aimans, plus empressés qu'auparavant; et c'est ainsi que, sans songer jamais à accomplir les promesses
de la veille, ils se revoyaient tous
les jours pour la dernière fois.

La voilà donc cette Célestine,
qui naguère promettait encore de
fuir Valcourt, et voulait, loin de
lui, s'ensevelir pour toujours dans
un couvent, la voilà donc qui ne
rougit plus de l'aimer, de le lui
dire, de le lui prouver par tout ce
que le cœur a de plus éloquent et
de plus persuasif. Le jour, la nuit,
dans ses rêves, dans ses veilles,
Valcourt seul occupe sa pensée;
elle ne recherche plus que lui, ne
voit plus que lui, ne vit plus qu'en
lui !.. O amour ! qu'es-tu donc?..
tu règnes sur tous les hommes;
aucun ne méconnaît ton pouvoir;
tous s'avouent tes esclaves ; tu
commandes ou enchaînes à ton

gré leurs passions ; ils n'agissent et
ne vivent que par toi ; tu es le
mobile de toutes leurs actions ; ils
te doivent leurs crimes , ils te doivent leurs vertus ; tu fais leur bonheur , tu fais leur tourment ; tu
crées , détruis , changes tout sur
la terre ; le bien , le mal , tout
émane de toi. Qu'es-tu donc encore une fois , toi dont je rencontre partout les traces , dont je
reconnais partout l'ouvrage ?... Ah !
tu es tout ce qu'il y a de plus fort,
de plus étonnant , de plus incom-
préhensible dans la nature ! une
de ces énigmes inexplicables du
créateur , dont tout le monde a
parlé , mais que personne encore
n'a pu bien définir !

Cependant , enchaînés l'un à
l'autre par tous les sermens d'un
amour inextinguible , nos deux
amans ne cessaient de s'en prodiguer de nouvelles marques toutes

les fois que la prudence ne s'opposait point à leur réunion dans l'île ;
et lorsque Célestine ne pouvait s'y
rendre sans craindre d'élever des
soupçons, les lettres les plus pas-
sionnées, et que dictait le sentiment le plus pur , remplaçaient
alors les innocentes et délicieuses
entrevues dont ils étaient privés.
Fermant les yeux sur l'orageux avenir , tous deux jouissaient du présent avec cet aimable abandon qui
caractérise le véritable amour, et
ne s'imaginaient point que leur
commun bonheur dût jamais finir.
Mais en est-il de durable ici-bas !
Un instant suffit pour en renver-
ser tout l'édifice ; et ce fut Célestine
elle-même qui y donna lieu par une
négligence , bien excusable sans
doute, mais qui n'en devint pas
moins fatale à tous les deux.

Elle venait de terminer une longue
épître destinée à Valcourt ; sortie

pour chercher quelques objets
dont elle avait besoin , elle laisse
en oubli sa lettre , exposée sur
son pupître , les plis déjà tracés,
et prête à recevoir l'empreinte du
cachet. Hélas ! elle ignorait qu'en
son absence son père était entré
dans son cabinet pour lui apprendre
quelque agréable nouvelle; que,
frappé à la vue de cette lettre et
des premiers mots qui y étaient
tracés, il s'était mis, sans plus
différer, à en lire le contenu qu'il
désirait et appréhendait à la fois
de connaître.

« Eh bien ! m'étais-je trompé,
s'écria le comte de Forville, après
en avoir fait la lecture, lorsque
» j'ai cru remarquer plus que de
» la reconnaissance en Célestine
» pour ce vil suborneur, ce scélé-
» rat, cet exécrable monstre que
» n'a pu atteindre encore la jus-
» tice céleste, la colère divine !...

4*

» O vengeance ! arme-moi... Que
» cette épée devienne dès au-
» jourd'hui même le châtiment de
» ses crimes ; que, sans plus tar-
» der, elle lave dans son sang le
» déshonneur de ma fille et l'ou-
» trage fait à mon nom..... Mais....
» non, je crains... je doute de mes
» forces. J'aime mieux... Oui, je
» le livrerai moi-même à la justice
» des hommes, puisque le ciel ne
» peut rien contre lui... Je dénon-
» cerai, je découvrirai, je livrerai
» le scélérat...., je le ferai plonger
» dans les souterrains les plus pro-
» fonds de mon château.... puis,
» j'en avertirai les magistrats, j'en
» instruirai tout le royaume, pour
» qu'on lui fasse subir la mort la
» plus affreuse, la mort due à ses
» forfaits ; ou.... je la lui ferai
» souffrir moi-même mille fois,
» dans ces tours inaccessibles à
» la lumière du jour. Et toi, fille

» indigne de ma haute extraction,
» toi qui te déshonores par tes bas-
» sesses, toi qui, par l'amour le
» plus infamant, me déshonores
» moi-même, tu iras, pour long-
» temps, penser dans le fond d'un
» monastère, au digne objet que
» tu t'es choisi pour amant. Le vil
» séducteur ! je ne m'étonne plus
» de l'excès de générosité qu'il af-
» fecta envers nous dans la forêt,
» lorsque, se précipitant vers les
» assassins dont il dirige les coups,
» il nous arracha à la mort dont
» nous étions menacés ; le vil sé-
» ducteur ! je ne m'étonne plus,
» ce n'était que sur Célestine qu'il
» avait osé former des projets cou-
» pables; ce n'était qu'elle, abso-
» lument qu'elle, qu'il voulait sau-
» ver.... Mais la voilà.... Sortons,
» qu'elle ne se doute de rien. Ce
» soir, je serai vengé. »

A ces mots, le comte de Forville,

s'esquive par une petite porte dérobée, et rentre brusquement dans
son appartement. Il ne prend pas
la peine de fermer les portes ; il
les pousse rudement, renverse les
chaises, marche à grands pas dans
la chambre, s'assied, se relève,
s'assied encore, et finit par descendre dans le parc.

Le comte de Forville, comme on
le verra par la suite de cet ouvrage,
était un de ces hommes, déprécia-
teurs de l'humanité, qui, toujours
en garde contre tout ce qui les
entoure, ne manquent jamais de
prêter aux plus belles actions tout
le caractère de la méchanceté la
plus noire. Aussi ne fut-il pas long-
temps sans penser que tout ce qui
leur était arrivé dans la forêt, pouvait bien avoir été projeté d'avance
par Valcourt, afin de gagner, par
ce trait généreux, sa bienveillance
et celle de sa fille, et d'user ensuite

des droits que la reconnaissance lui
aurait acquis sur le cœur de cette
dernière, pour se représenter à
elle, se la rendre accessible, et enfin, chercher à la faire tomber
dans les piéges qu'il se promettait
de tendre à son innocence, et dont
l'exécution lui paraissait avoir si
bien réussi.

Cette idée, toute dénuée de vrai-
semblance qu'elle était, prit pourtant une telle consistance dans son
esprit, qu'enfin, à force d'y réflé-
chir, il ne lui fut bientôt plus
permis de croire que cela pût être
autrement. Cette certitude ne fit
qu'accroître sa fureur. Il la laisse
librement éclater dans chacun de ses
gestes, dans chacun de ses regards,
et sur tout son visage; il s'exhale
en imprécations contre Valcourt,
et, oubliant bientôt qu'il lui est
redevable de la vie, il ne songe
plus qu'au moyen dont il devra

se servir pour le livrer plus sûrement aux supplices et à la mort.

Il ne fut pas long-temps sans le
trouver. Il avait compris par la
lettre de Célestine , que Valcourt
avait quitté la troupe ; qu'il était
le seul que renfermât l'île ; que c'é-
tait là qu'il se dérobait à tous les
regards ; que c'était là qu'avaient
lieu les coupables entrevues qu'il
s'était ménagées avec sa fille ; et
qu'enfin , c'était là encore que,
dans l'intérieur d'un énorme noyer,
leurs lettres étaient déposées toutes
les fois qu'un obstacle imprévu les
empêchait de se voir. Instruit de
ces circonstances , il s'empressa d'en
tirer avantage en courant aussitôt
en avertir une douzaine d'hommes
qui , moyennant une forte récompense , promirent de le lui livrer dès
le jour même.

Cependant , le soleil avait déjà
parcouru les deux tiers de sa course,

quand Célestine, qui n'osait confier ses lettres à personne, partit
pour aller la porter elle-même à
l'endroit convenu, et y prendre en
même temps celle qu'y avait déjà
déposée Valcourt. Aussitôt qu'elle
fut de retour au château, le comte
de Forville, qui l'avait suivie de
loin, pour mieux s'assurer du lieu
où ses gens devaient attendre Valcourt et s'en saisir, courut donner le
signal du départ à sa petite troupe,
qui, après avoir reçu de lui toutes
les instructions nécessaires, dirigea
sa marche vers l'île. Bientôt arrivée,
elle se divisa en quatre parties,
composées chacune de trois hommes, qui, apostés derrière des
arbres dont le feuillage épais pouvait les dérober facilement à la vue
de Valcourt, l'attendirent en silence, jusqu'au moment où il
vint pour chercher la réponse dé-
sirée de Célestine.

Il était déjà tard : la nuit avait tiré le rideau des ombres sur la moitié de l'univers, lorsqu'il parut. Il précipite ses pas ; il s'approche avec assurance, et, courbé jusqu'à terre, déjà il passe son bras dans le tronc de l'arbre discret qui renferme en son sein le papier si précieux à son cœur, quand tout à coup, les douze hommes payés par le comte de Forville, saisissant ce moment favorable, s'élancent soudain du lieu qui les tenait cachés, fondent à la fois sur lui, et chargent ses mains d'un triple rang de cordes apprêtées pour cet usage. Valcourt ne peut se défendre ; sans armes, tous les efforts qu'il fait pour se dégager d'entre leurs mains restent impuissans. Forcé de céder au nombre de ces hommes, qu'il pense bien être employés par un autre, mais qu'il est loin de croire agir par les ordres de celui même qu'il a sauvé , il se résout à les suivre , sans daigner leur adresser aucune parole.

Ils arrivent bientôt près des fossés du château , dans la profondeur desquels ils descendent par un escalier très-étroit; après quoi, ils s'approchent jusqu'au pied d'une tour , dont les murs , déjà tombés en ruines, attestaient assez toute l'ancienneté du manoir des comtes de Forville. Là , une porte s'ouvre , et se referme aussitôt derrière eux. Ils s'avancent, et parcourent , à la pâle lueur d'une torche, de longues voûtes souterraines qui retentissent du bruit de leurs pas , jusque dans leurs extrêmités les plus éloignées, et arrivent enfin , après avoir descendu plus de quatre-vingts marches , dans les entrailles de la terre, au milieu d'un affreux cachot, taillé dans la profondeur du rocher sur lequel était assis le château.

I   5

D'énormes chaînes de fer , auxquelles sont attachés de lourds car-
cans, se font voir de distance en
distance, scellées dans le roc. C'est
sous leur poids que les gens du
comte de Forville , après avoir débarrassé Valcourt de ses liens., veulent le soumettre. Ce dernier, les
yeux étincelans, les mains levées ,
et le courroux sur les lèvres, les
repousse et les culbute au même
instant : tel le roc , battu des vents
et de la tempête., reste inébranlable
à toutes leurs fureurs , et voit d'un
front tranquille , la vague écumante
expirer sur ses flancs ; tel Valcourt,
formidable même jusque dans sa
prison, se rit des vains efforts des
pygmées qui voulaient le mettre
dans les fers , et semble encore,
tant sa contenance est fière et terrible, plutôt leur commander que
leur obéir. Il demande par quels
ordres on l'a conduit en ces lieux;

on lui nomme le comte de Forville,
et la porte se referme soudain. Le
bruit des pas ne se fait déjà plus
entendre que dans l'éloignement,
et bientôt, fait place au plus affreux
silence.

CHAPITRE V.

Je ne sais si ce fut l'effet des idées sinistres
qui m'avaient affecté si vivement depuis
quelques heures ; mais mon sommeil ne fut
qu'un rêve affreux , dont le souvenir seul
me glace encore d'effroi....

HYPPOLITE VAUGEOIS.

VALCOURT, livré à lui-même, réfléchit sur tout ce qui vient de lui
arriver. Il n'en peut plus douter,
leurs lettres auront été surprises,
et leur intelligence reconnue par le
comte de Forville, qui, pour satisfaire plus sûrement sa vengeance,
et se mettre à l'abri de nouvelles
tentatives de sa part, l'aura fait
plonger dans le fond de ce cachot.
Il en est profondément alarmé. Ce
n'est pas pour lui qu'il conçoit des
craintes, mais pour sa chère Céles-

tine. Que va-t-elle devenir ? Comment va-t-on juger sa conduite? Quels sanglans reproches ne va-t-elle pas essuyer d'un père courroucé? et combien ne s'en fera-t-elle pas à elle-même?.....

Au milieu de ces déchirantes idées, qui se succèdent avec rapidité dans son esprit, il entend quelqu'un marcher au-dessus de lui, puis s'arrêter; il prête l'oreille, il regarde; un bruit semblable à celui d'une pierre énorme qu'on roule au haut de la voûte, se fait entendre. Bientôt, il distingue, à la faible lueur d'une lampe qui s'y trouve suspendue, une large et profonde ouverture, placée perpendiculairement au-dessus de sa tête. Un mauvais pain noir et une cruche d'eau en descendent; après quoi, on roule de nouveau la pierre, qui rebouche entièrement le trou pratiqué à la voûte.

Valcourt ne ressentait aucun besoin de manger. Il promène sa vue autour de lui, s'empare de la lampe, et parcourt à pas lents, son cachot. Taillé dans la roche vive, on n'y voyait aucune issue, par où la lumière du jour pût pénétrer ; il était fermé par une porte de fer, qui, chargée d'énormes verroux, ne rendait que trop inutiles toutes les tentatives qu'on aurait pu faire pour s'en échapper. Une longue pierre, recouverte de paille, est placée dans un coin : c'est la couche destinée à Valcourt. Il s'y jette ; le sommeil s'empare bientôt de lui, et vient fermer ses paupières ; mais son repos est troublé par des songes affreux.

Il lui semble se sentir transporter dans une profonde vallée, environnée d'épaisses forêts, et du milieu de laquelle il voit tout à coup s'élever un temple superbe, d'où une

longue suite de personnes, habil-
lées de noir, et tenant en main un
cierge allumé, sortent, et dirigent
de son côté leur marche silencieuse.
Elles accompagnent un cercueil. Le
convoi funèbre s'arrête près de lui.
Valcourt promène des regards étonnés sur toutes les figures, et tandis
qu'occupé à les considérer, il cherche à se remettre les traits de quel-
ques-unes, un bruit épouvantable,
qui se fait entendre soudain, rappelle
toute son attention d'un autre côté.
Il regarde, et voit à quelques pas
de lui, un mausolée pompeux,
qui, sorti subitement de la terre,
est aussitôt entouré par tout le cortége en pleurs. Quatre hommes
y placent les restes ensanglantés
que renferme la bière, dont on a
détaché le couvercle; puis ils ren-
trent dans la foule. Un seul est
resté : appuyé sur le cercueil, il lui
fait signe d'avancer jusqu'à lui;

Valcourt s'approche, il l'envisage,
il reconnaît.... son père. « Malheu-
» reux! lui dit-il, regarde ce cada-
» vre déchiré et sanglant.... Recon-
» nais-tu celle que tes forfaits ont
» précipitée au tombeau?.... Fuis,
» fuis, bourreau de ta mère!....
» Que ma malédiction te pour-
» suive!.... » Au même instant,
tout le convoi répète : « Fuis, fuis,
» bourreau de ta mère!.... Bour-
» reau de l'humanité, que nôtre
» malédiction pèse sur toi!.... »
Tandis que les échos répètent
vivement au loin, et pour la
troisième fois, ces mots terribles,
Valcourt, tremblant, tombe sans
voix aux pieds de son père, veut
embrasser ses genoux, et implorer son pardon ; mais son père,
le tombeau, la victime qu'il renferme, tout a déjà disparu. Une
scène non moins douloureuse
succède à cette première. Il se re-

trouve comme par enchantement, transporté dans la même vallée, au milieu des mêmes forêts, et dans le temple qui avait d'abord frappé ses yeux. Le monde s'y porte en masse ; Valcourt lui-même est confondu pêle-mêle avec les autres, et attend, avec la foule, l'heure qui doit satisfaire sa curiosité. Elle arrive enfin : chacun se presse, chacun se range pour faire place au cortége nuptial, et voir passer le couple heureux qui marche en ce moment à l'autel. Il s'avance, et déjà le saint édifice retentit de mille cris d'allégresse. « Ah ! sans » doute, se dit Valcourt, c'est » quelque amant fortuné qui va » voir couronner ses vœux et son » amour. » A ces mots, un soupir s'échappe de sa poitrine, et une larme tombe sur son visage. Cependant, les cris de joie ont cessé ; un long murmure de mécontentement

et d'indignation se fait entendre à
mesure que la pompe nuptiale s'approche. Valcourt jette les yeux sur
les deux époux qui passaient alors
près de lui , il les envisage, il pâlit,
il s'écrie : « Ciel!... Célestine !... »
C'était elle, en effet, qu'on conduï-
sait, mourante, à l'autel. Il devient
furieux à cette vue ; il veut courir
à eux, pour mettre empêchement
à ce que cet hymen ne se consomme;
mais une fumée épaisse qui s'élève,
les environne , et les dérobe aussitôt
à ses regards menaçans ; plusieurs
coups de tonnerre se succèdent ;
tout s'évanouit , et Valcourt se réveille en sursaut. C'est pour entendre frapper à grands coups redoublés à la porte de son cachot ; les
gonds sont ébranlés sous le poids
des marteaux , et la porte soulevée
par d'énormes leviers; bientôt, elle
cède, tombe avec fracas, et livre
passage à une troupe d'hommes

armés, qui se précipitent en foule
autour de lui. Au milieu du reten-
tissement formidable de trente
voûtes, dont la porte, en tombant,
a troublé le silence, on entend
d'affreux juremens, d'horribles imprécations, de grands cris de joie,
et le nom de Valcourt, mille fois
répété par-dessus tous ces cris.

C'étaient les brigands qui venaient le délivrer. Long-temps ils
l'avaient attendu avec la plus vive
impatience ; mais voyant chaque
jour tromper leur attente, et venant
de recevoir, d'un de leurs espions,
l'avis de se préparer sous peu à de
nouveaux, et à de plus terribles
combats que tous ceux qui leur
avaient déjà été livrés, il ne leur
avait plus été possible de différer
le rappel de leur capitaine, qu'ils
savaient être au château du comte
de Forville, depuis que les ravisseurs de Célestine s'étaient décidés

à rejoindre la troupe. Arrivés sur les terres du comte, les vingt hommes envoyés à la recherche de Valcourt, n'avaient pas été long-temps sans apprendre sa détention ; mais le père de Célestine était déjà parti pour aller avertir la maréchaussée du lieu le plus voisin, du hazard heureux qui venait de le rendre son prisonnier, et il avait emporté avec lui les clefs de son cachot, pour les remettre entre les mains de la justice ; les brigands s'étaient donc vus obligés d'enfoncer au plutôt les portes qui conduisaient aux souterrains, pour rendre la liberté à leur capitaine, et l'instruire des dangers qu'ils avaient à courir, ainsi que de la nécessité dans laquelle il se trouvait de retourner promptement avec eux, pour repousser, à leur tête, la formidable armée qu'ils allaient avoir à combattre.

Cependant, à l'aspect de ses bri-

gands, et au récit qu'ils lui font des
nouvelles forces qui marchent en ce
moment contre eux, Valcourt garde
le silence ; il ne répond point à leurs
démonstrations de joie ; il est insensible à l'empressement qu'ils lui
témoignent, et reste comme pétrifié devant eux. En vain ceux-ci
lui font observer que le jour vient
de paraître, que le danger est pressant, que, d'un instant à l'autre,
ils peuvent être surpris par des
forces majeures ; que, dans un
quart d'heure, il ne leur sera peut-
être plus possible de le sauver, ni de
se sauver eux-mêmes, et qu'enfin,
le moindre retard peut devenir
funeste pour toute la troupe, qui
ne pourra manquer de tomber au
pouvoir de l'ennemi, s'il ne se hâte
d'arriver, pour la conduire lui-
même à la victoire ; Valcourt con-
tinue de garder le silence. Les yeux
fixés à terre, il réfléchit ; son cœur

bat violemment, son âme paraît
déchirée, son esprit flotte dans l'irrésolution, son agitation est visible,
son incertitude est cruelle. « O
» Dieu ! s'écrie-t-il intérieurement,
» je voulais revenir à toi, je vou-
» lais revenir à la vertu ; et des
» barbares veulent m'en arracher !
» Que dois-je faire ?..... Rentrer
» dans la carrière du crime !......
» Eh bien ! oui ; courons chercher
» la mort au milieu du carnage,
» ou marchons à l'échafaud, puis-
» qu'une barrière insurmontable
» me ferme le chemin des vertus !
» Aussi-bien, je suis las de vivre.
» Que ma destinée s'accomplisse ! »
Il dit ; mais son incertitude est la
même ; il balance encore ; il conti-
nue toujours de garder le silence.

Cependant, les brigands le pres-
sent de plus en plus, et, commençant à deviner la cause du changement qu'ils remarquent en lui,

« Traître ! lui crient-ils , tu hésites,
» tu te refuses donc à nous suivre?
» Qu'as-tu fait de tes sermens ? Re-
» garde , parjure ! Vois-tu ces bles-
» sures? Vois-tu ce bras en écharpe?
» C'est pour toi que nous avons
» mille fois affronté la mort ! Tu
» nous appartiens , nous t'avons
» acheté de notre sang !... Hâte-toi
» de remplir tes engagemens. La
» troupe est en danger , tu es son
» Capitaine. .... marche avec nous!
» — Eh bien ! c'en est fait, s'écrie
» Valcourt, oui , je suis votre Capi-
» taine ! Partons , qu'avec la nuit
» nous soyons arrivés au mont Or-
» phall. » A ces mots , toutes les
voûtes retentissent , et répètent au
loin le cri unanime de : *Vive le
Capitaine !* Mais à un signe de Valcourt, tout se tait , et aux éclats
d'une joie immodérée , succède le
plus profond silence ; après quoi,
toute la troupe ayant quitté les sou-

terrains, remonte à cheval, s'éloigne du château, et disparaît à travers les bois de Bouillon. Avant
que d'y pénétrer : « Adieu, s'écrie
Valcourt en jetant un dernier regard d'amour sur la demeure de
son amie, adieu, ange consolateur!
» Je fuis ces lieux, je te fuis toi-
» même : peut-être ne te reverrai-
» je plus. Je vais me replonger
» dans le crime, dans le désespoir,
» dans la mort ; mais pardon si je
» cède au torrent qui m'entraîne.
» Je ne pouvais plus être à toi,
» J'obéis à la destinée ! »

CHAPITRE VI.

Le spectacle d'une mort évidente et prochaine, qui s'offrait sous un si terrible aspect, aurait pu faire frémir l'âme la plus intrépide.

Roman d'Amélina.

Il était temps que Valcourt et les brigands abandonnassent le château; car à peine étaient-ils parvenus hors des terres du Comte, que deux cents hommes, tant gendarmes et soldats que paysans, arrivèrent pour se saisir d'eux; mais, ayant été prévenu trop tard du danger où il était, de perdre son prisonnier, le comte de Forville se vit contraint de les renvoyer, et de remettre à un autre temps, l'exécution de sa vengeance.

En attendant, la délivrance de

5*

Valcourt n'était pas très-propre à le rassurer. Ne l'ayant plus en sa puissance, il avait plus que jamais raison de craindre les effets de son ressentiment ; et voulant, avant tout, se mettre à l'abri du danger, il ne songea plus qu'à quitter le château de Forville ; ce qu'il effectua dès le lendemain, aussitôt après avoir fait conduire Célestine dans un monastère, dont l'éloignement ne lui laissait rien à craindre des tentatives de Valcourt.

Cependant, tandis que le comte de Forville, furieux d'avoir vu lui échapper sa proie, galopait, d'un air morne, sur la route de Bouillon à Rocroy, et que sa fille, instruite des évènemens de la veille, gémissait sans espoir dans l'intérieur d'un couvent, Valcourt, arrivé au mont Orphall, ranimait par sa présence, le courage des brigands, hâtait les travaux commen-

cés , plaçait des postes , élevait des
batteries , courait de l'aîle droite à
l'aîle gauche de sa petite armée, la
faisait manœuvrer, donnait des ordres , et se préparait ainsi, d'avance , au grand combat, où bientôt
on devait le voir, se précipitant
comme la foudre au milieu des
rangs ennemis , chercher la mort ,
sans pouvoir la trouver.

La troupe de Valcourt n'était pas
une troupe de bandits ordinaire.
De plus en plus puissante , elle
avait pris un caractère si singulier ,
un aspect si formidable , que ce
n'était pas sans avoir hésité long-
temps, qu'on avait pris le parti de
faire marcher contre elle, tant on
avait craint l'effusion du sang et
l'inutilité des tentatives. En effet,
toutes les fois que les brigands s'é-
taient vus menacés , au lieu d'avoir
environ deux cents hommes à combattre , comme tout portait à le

croire, on avait vu aussitôt leur nombre se multiplier tellement, qu'on avait toujours été forcé d'en abandonner l'exécution, et de la regarder comme téméraire.

Cependant, leurs crimes devenaient de jour en jour plus fréquens, leurs projets plus vastes, leurs entreprises plus hardies, et leurs forces plus redoutables; occupant, tantôt les pays de Bouillon, Philippeville et Fumay; tantôt ceux de Dinant, Luxembourg et Saint-Hubert, et y exerçant toutes sortes de ravages et d'horreurs; on venait enfin de prendre définitivement la résolution de les exterminer tous, ou du moins, de les expulser entièrement des deux différentes contrées qu'ils avaient choisies pour le théâtre de leurs brigandages. A cet effet, l'un et l'autre pays s'unissant d'intérêts pour concourir à une si noble fin, et venant de rassembler un grand nombre de troupes, quatre mille hommes, escortés de six pièces de canon, marchaient en ce moment sur eux, et devaient arriver au mont Orphall, dès le jonr suivant.

Valcourt, à des renseignemens si positifs que venait de lui donner un de ses espions, nommé Fatmours, passa de l'espérance à la crainte, et ne prévit que trop, comme il le lui marquait, que la mort de tous était inévitable. Sa troupe s'était considérablement accrue depuis le dernier combat; mais il aurait été inouï que six cents hommes, avec cinq bouches à feu, eussent pu résister aux efforts d'une armée qui pouvait en excéder quatre mille, et qui était soutenue par six pièces de canon. Cependant, il ne voulut point leur faire part de ses appréhensions; au contraire, affectant une sécurité, une espé-

rance à laquelle il est loin de croire,
il vole aussitôt au milieu d'eux,
élève la voix, et par ses gestes autant que par son éloquence, en-
flamme leur courage, réveille leur
audace, applaudit à leur ardeur,
et leur promettant d'heureux succès, les flatte déjà par avance des
honneurs du triomphe.

Cependant, le lendemain, dès
l'aurore, Valcourt ainsi que tous
les brigands aperçoivent sur le revers d'une montagne, à leur oppo-
site, l'armée ennemie, qui, au
bruit des tambours et des trompet-
tes guerrières, s'avance à pas me-
surés, vers le mont Orphall, et
descend dans la plaine, pour s'y
mettre en bataille.

Les brigands, sans s'émouvoir à
la vue des forces supérieures qu'ils
vont avoir à repousser, se précipitent sur leurs armes, et, après
s'être saisis des positions les plus

avantageuses ; se disposent à vaincre, ou à mourir.

Déjà, de quelque côté qu'on jette
les yeux, on n'aperçoit plus que
combattans. Le soleil réfléchit au
loin le brillant de leurs armes homicides, l'air est frappé du son des
instrumens de guerre qu'ils font
entendre, les ordres volent d'un
bout à l'autre de l'armée, dans
tous les rangs, dans tous les postes;
les chefs haranguent, les coursiers
hennissent, le soldat menace, et
n'attend plus pour fondre sur son
ennemi, que le signal du carnage.

Les troupes qui couvraient la
plaine étaient celles qui devaient
marcher sur les brigands. L'infanterie, qui en occupe le milieu,
avait pour chef Trasimont, un
des meilleurs soldats et un des
plus grands capitaines de son siècle;
les deux corps de cavalerie, placés
sur les ailes, étaient commandés,

l'un par Fraldore , et l'autre par
Morand , tous deux fameux guerriers, blanchis sous le poids des
armes. On y remarquait encore
Darbault qui , par sa rare valeur ,
s'était acquis le surnom de brave ;
et Tornoue qui , par ses grandes
actions , s'était déjà signalé dans
plus d'un combat , et aurait ri-
valisé de courage avec les plus
vaillans.

Cependant, les brigands, quoique
en petit nombre , ne paraissaient
pas moins redoutables à leurs ennemis , en ce qu'ils occupaient
toute la montagne d'Orphall , posi-
tion presque inexpugnable , à cause
des forêts dont elle est environnée d'un côté , et des rochers dont
elle est défendue de l'autre. C'était
sur son sommet qu'était assis le
fort que Valcourt avait fait construire , et qui correspondait , par
des routes souterraines , jusque

dans leur repaire : c'était de là aussi qu'ils devaient lancer la foudre sur leurs ennemis, et détacher ces rocs énormes, qui depuis, roulèrent sur leurs têtes, jusque dans la plaine, après avoir écrasé des bataillons entiers dans leur chûte.

A droite de la montagne, cent hommes sont commandés par l'invincible Offragand. Il fait passer dans ses soldats toute la fureur dont il est plein lui-même, et, impatient de l'assouvir, il regarde de loin l'ennemi d'un œil menaçant, et, d'une main agile et ferme, agite déjà vers eux son terrible cimeterre.

A gauche, le farouche et cruel Kramerr commande cent cinquante hommes. D'épaisses et larges moustaches ombragent sa figure; le feu jaillit par ses yeux; ses lèvres expriment la rage; son visage, la férocité. D'un bras nerveux, tantôt

I. 6.

il roule des arbres ou des rochers
sur le penchant de la montagne,
tantôt il brandit dans les airs une
lourde massue toute hérissée de
pointes et de tranchans. Sa taille
gigantesque le fait apercevoir par-
dessus tous les autres, et sa voix
formidable appelle hautement le
signal trop tardif des combats.

Dans le fort, l'intrépide et jeune
Raumont, qui prit tout récemment,
avec quelques-uns des siens, deux
pièces de canon à l'ennemi, commande l'artillerie. Il rappelle à ses
compagnons leurs derniers exploits,
et, leur montrant les troupes qui
couvrent la plaine, il leur fait jurer
de mourir sur leurs pièces en com-
battant, plutôt que de survivre à
une honteuse défaite.

En avant de la montagne, et
sous le feu du fort, trois cents
hommes sont commandés par Valcourt lui-même. Il monte un su-

perbe coursier. Le panache rouge
qui surmonte son casque et flotte
au gré du zéphyr, le fait remarquer facilement entre tous : tel le
soleil, par son disque éblouissant,
efface tous les autres astres qui
brillent dans le firmament. Il parcourt tous les rangs, il vole dans
tous les postes; aux uns, il pro-
digue la louange ; il fait renaître
l'espérance parmi les autres.

« Des troupes formidables me-
» nacent votre vie, dit-il à ceux-ci ;
» mais elles ne sont à craindre
» que par leur nombre, et n'éga-
» leront jamais le courage dont
» vous avez toujours fait preuve
» jusqu'à ce jour ; ne désespérons
» donc pas du succès ; secondé
» par des braves tels que vous, je
» réponds avec assurance de la
» victoire.

» Amis, crie-t-il à ceux-là, ne
» perdez jamais de vue ce panache

» pourpré ! Qu'il vous serve d'en-
» seigne ; vous le verrez tou-
» jours paraître au plus fort du
» combat. »

Du côté des ennemis, Trasimont,
par une éloquence plus touchante,
et par un plus juste motif, n'allu-
mait pas moins dans ses guerriers,
cette ardeur de combattre, et ce
noble désir qu'il avait lui-même,
d'exterminer une troupe trop long-
temps redoutable. « Soldats, leur
» crie-t-il d'une voix forte, voilà
» les bourreaux de votre pays, les
» assassins de vos frères ! la patrie
» éplorée vous a choisis pour ses
» défenseurs ; le sang de vos pro-
» ches demande vengeance ; mar-
» chons, ne tardons plus ; qu'avant
» la nuit, cette poignée de scélérats
» ait expiré sous nos coups. » Il
dit, et vole, à la tête de son armée,
vers le mont Orphall , où la troupe
de Valcourt paraît inébranlable, et

montre à son ennemi un front toujours menaçant.

Hélas ! l'un et l'autre chef s'étaient flattés d'un vain espoir : ils doivent périr dans cette fatale journée !

———

CHAPITRE VII.

On se mêle, on combat ; l'adresse, le courage,
Le tumulte, les cris, la peur, l'aveugle rage,
La boi te de céder, l'ardente soif du sang,
Le désespoir, la mort, passent de rang en rang.
VOLTAIRE. (*Henriade, ch.* VIII.)

On voit dans un instant des abîmes ouverts ,
De noirs torrens de souffre épandus dans les airs ,
Des bataillons entiers , par ce nouveau tonnerre ,
Emportés , déchirés , engloutis sous la terre.
Le même. (ch. VI.)

A peine Trasimont est-il arrivé au pied de la redoutable montagne , que déjà le feu roulant des brigands et le canon du fort a moissonné des centaines de guerriers. Plus effroyables et plus dangereuses mille fois que la foudre , on entendait tonner ces bouches de bronze et ces machines inventées pour le carnage et la destruction. Elles vo-

missent à la fois, la flamme, l'é-
pouvante, le désespoir et la mort,
dans les rangs ennemis; éclatent,
frappent, renversent, ou écrasent
leurs bataillons consternés. Ils
tombent, ces fiers soldats, naguère
encore plein de force et de santé;
ils tombent, déchirés et sanglans,
sur la prairie, sans pouvoir, ni
défendre leur vie, ni venger, en
tombant, une mort qui leur est
donnée de trop loin.

Cependant, les assaillans, plus
surpris encore qu'effrayés, d'une si
vigoureuse défense, reprennent
bientôt leur première audace, et,
honteux d'avoir pu un moment
hésiter à poursuivre leur marche,
ils s'élancent, à la voix de Trasimont,
vers la montagne, qu'ils se mettent
en devoir de gravir. Déjà ils sont
parvenus à la moitié du mont; déjà
les brigands ont mis près d'un tiers
de l'armée hors de combat. Les

rochers sont arrachés des flancs
brunis de la montagne, les arbres
en sont précipités avec fureur; ils
roulent, et, dans leur chûte impétueuse, renversent et entraînent au
loin dans la plaine, des colonnes
entières de guerriers.

Les soldats de Trasimont n'en
sont point épouvantés; que dis-je?
des dangers si grands ne servent
qu'à accroître leur ardeur, à en-
flammer leur courage; ils redou-
blent d'efforts, et arrivent enfin
sur le sommet du mont Orphall.
Là, les brigands et leurs ennemis
sont repoussés tour à tour : telle
on voit la vague écumante s'éloigner du rivage, et s'y rejeter alternativement. L'un et l'autre parti
se portent des milliers de coups,
qui sont tous mortels; le feu jaillit
du choc de leurs armes; aux éclairs
qu'elles rendent succède la mort
affreuse. Les brigands volent mesu-

rer la terre ; leurs ennemis tombent
par centaines ; mais d'autres repa-
raissent bientôt, plus furieux, plus
formidables encore que ceux qu'ils
remplacent. Déjà Valcourt a fendu
la tête au brave Darbault, et Raumont a fait mordre la poussière à
l'illustre Morand ; mais il tombe
lui-même, et meurt à son tour,
sous les coups redoublés de
Fraldore. L'acharnement est extrême de part et d'autre. Des ruisseaux de sang coulent dans la
plaine ; la montagne ne retrace
plus qu'une scène de carnage et
d'horreur.

Trasimont, qui voit moissonner
tous ses meilleurs soldats, sans espoir de vaincre, se résout enfin
à se retirer. Il fait sonner la retraite, et se hâte de regagner la
plaine, avec le reste de son armée
en désordre, que les brigands,
emportés par la rage, la vengeance

et l'espoir du succès, poursuivent
sans relâche.

Déjà la nuit allait tirer le rideau
des ombres sur les vastes forêts de
l'Ardenne, quand Trasimont, ayant
rétabli l'ordre, et raffermi le courage ébranlé de ses soldats, se dis-
pose de nouveau à repousser les
brigands, et à tenter un dernier
effort pour s'en rendre maître.
« Quoi, s'écrie-t-il, en s'adressant
» à son armée, nous sommes en-
» core ici deux mille hommes, et
» nous fuirions devant une misé-
» rable troupe de bandits, qui
» compte à peine encore quatre
» cents scélérats ! Quoi, nous trom-
» perions ainsi l'espoir de la patrie,
» qui a confié au succès de nos
» armes, et le soin de les détruire,
» et celui de la venger ! Ah ! sacri-
» fions notre vie plutôt que de re-
» venir, couverts de honte, avouer
» notre impuissance, et publier

» nous-mêmes leur triomphe ! Re-
» tournons ! volons du moins cher-
» cher dans leurs rangs, une mort
» glorieuse, si nous ne pouvons
» leur arracher la victoire ! » Il dit,
et fond soudain, à la tête des deux
mille hommes qui lui restent, sur
la troupe de Valcourt, étonnée de
ce retour inattendu. Les baïon-
nettes se croisent, et se font jour à
travers les brigands, qui sont tous
comme autant de remparts vivans.
On tire à bout portant; la hache
frappe de tous côtés; des milliers
de coups sont portés; des milliers
de coups sont rendus : ils sont terribles ; la plaine est inondée du
sang des combattans; la terre est
jonchée de cadavres, de corps ensanglantés, de membres palpitans;
l'air retentit du fracas des armes,
des cris des assaillans, des gémissemens des blessés, des soupirs des
mourans. Le carnage est plus cruel,

plus affreux encore qu'il ne l'était sur la montagne.

Cependant Valcourt, plus terrible qu'il n'avait encore été, laisse sa troupe loin derrière lui, abat à ses pieds tout ce qui s'oppose à son impétuosité, se précipite au milieu des ennemis, voit cent glaives levés en même temps sur sa tête, brave le danger avec audace, et échappe toutes les fois à la mort qu'il désire, mais qu'il cherche en vain depuis le commencement du combat.

Les brigands, à la vue des exploits de leur capitaine, pleins d'une nouvelle ardeur, volent sur ses pas, et fondent à leur tour sur l'armée de Trasimont, dont ils font une horrible boucherie. Tout ce qui échappe au plomb meurtrier, expire sous le fer destructeur des bandits. C'est alors que l'ennemi oppose la valeur à l'audace, la

force à la ruse, le désespoir à l'espérance.

D'un côté, Trasimont et Tornoue, à la tête de quinze cents
hommes, font tous deux des pro-
diges de bravoure. Ils voient leurs
efforts couronnés du succès ; ils re-
doublent de courage. Déjà l'aile
gauche des brigands commence à
plier ; elle va indubitablement tomber sous le fer du vainqueur ; mais
Kramerr, l'invincible Kramerr s'en
aperçoit, menace, fend la foule,
et court à Trasimont, à Trasimont qu'il juge seul digne de ses
coups, qu'il brûle d'immoler à sa
fureur ; ses vêtemens et ses mains
sont tout dégoûtans de sang, son
regard est féroce, ses cheveux sont
hérissés, sa bouche écume, et ses
bras nerveux, dans leur affreuse
nudité, annoncent assez que la
nature l'a doué d'une force aussi
prodigieuse que sa taille est éton-

nante. Tout fuit devant ce nouvel
hercule, ou tombe écrasé sous le
poids de sa redoutable massue,
seule arme dont il ait voulu faire
usage. A peine Trasimont s'est mis
en devoir de se défendre, que
déjà il roule étendu dans la poussière. Tornoue veut le venger;
soudain, la sanglante massue se
lève une seconde fois; elle va retomber sur sa tête; celui-ci le voit,
rassemble toutes ses forces, et,
sans perdre de temps, porte à
Kramerr un coup de sabre terrible qui retranche du reste de son
corps, le bras qui tenait suspendu
sur lui l'instrument mortel; mais,
en tombant, la fatale massue lui
effleure le visage, lui déchire et lui
casse une épaule; Tornoue est renversé par le coup; mais Kramerr,
Kramerr que rien ne peut abattre, reste inébranlable; il pousse
d'affreux hurlemens, reprend sa

massue de l'autre main, foule aux
pieds Tornoue, et va porter ailleurs
sa rage et sa vengeance.

Plus loin, le fameux Offragand,
suivi d'une soixantaine de braves,
tenait tête à un gros d'infanterie de
cinq cents hommes, les chargeait
vigoureusement, et les forçait à la
retraite, malgré leur nombre : tel,
dans les champs, le loup affamé
fond sur tout un troupeau de mou-
tons, qui, pour éviter sa dent
meurtrière, fuit épouvanté et en
désordre, à sa mortelle approche.

Pour Valcourt, aussi redoutable,
mais moins cruel que Kramerr,
faisant trembler jusqu'aux plus
hardis de l'armée, il continuait
de porter la terreur et la mort dans
tous les rangs. Son bras formidable
terrassait tout ce qui s'opposait à
son infatigable valeur, et formait
de larges clairières à travers les
forêts de combattans dont il était

entouré. Comme on voit, en été,
les épis subitement renversés
sous la faulx tranchante de l'inflexible moissonneur ; de même,
l'ennemi tombait en masse sous
le tranchant de son lourd cimeterre.

Cependant, la fortune qui, jusqu'alors, s'était toujours montrée
favorable aux brigands, cesse enfin
de leur sourire, les abandonne, et
se déclare entièrement contre eux.
Ils sont vivement repoussés par
l'ennemi, qui, à la vue de Trasimont, étendu sans vie par
Kramerr, foulé aux pieds par les
bandits, et déchiré sous le fer des
chevaux, ne met plus de bornes
ni à sa fureur, ni à son désespoir.
La troupe de Valcourt n'en est
point épouvantée ; elle soutient
toujours avec une égale fermeté
le choc terrible des légions enne-
mies ; mais elle ne peut leur ré-

sister long - temps. Chargés par
Fraldore, qui vient de prendre,
à la place de Trasimont, le com-
mandement de l'armée, les brigands sont battus à leur tour, et
environnés par un triple rang de
soldats. L'ennemi en fait un horrible massacre. Inutilement, ils
forment le bataillon carré; acca-
blés par le nombre, il n'est point
pour eux d'autre salut que la retraite. Ils l'effectuent vers la montagne; mais, là encore, recom-
mencent avec plus d'acharnement,
la chaleur du combat, les fureurs
du carnage, les horreurs de la
mort. Les brigands s'arrêtent, se
retournent, fondent sur l'ennemi,
et tentent, pour la troisième fois,
de lui arracher une victoire si long-
temps et si vivement disputée, mais
en vain; repoussés de nouveau
jusqu'au pied du mont Orphall,
et, foudroyés par son artillerie qui,

6*

seulement alors , commence à
jouer , tous leurs efforts restent
impuissans, et ne servent qu'à précipiter, plutôt, l'instant qui doit
décider de leur ruine, et qui doit
anéantir toutes leurs espérances.

Il est arrivé, cet instant. Déjà
Offragand est abattu , percé de
coups , et mutilé sous les pieds du
vainqueur ; Valcourt lui-même,
Valcourt , après une défense des
plus héroïques, assailli par mille
combattans à la fois, tombe, et
roule à son tour sur le sable,
tout couvert de sang et de blessures.

Tandis que ceux dont il est suivi
s'empressent de venger cruellement
leur chef, renversé sanglant sur
la poussière, un d'entre eux, plus
robuste que les autres, accourt,
le relève , l'éloigne de quelques
pas du champ de bataille, et, après
avoir étanché son sang le plus

promptement possible, le saisit et l'emporte à travers les rochers de la montagne, pour l'aller déposer sur le bord de la forêt, et là, lui prodiguer de plus grands secours; mais il ne peut achever son dessein : l'astre des nuits, de son disque argenté, éclaire sa marche silencieuse; il est aperçu; deux coups de feu, dirigés sur lui, partent aussitôt; le brigand se sent frappé dans la poitrine, chancelle un instant, tombe, et expire soudain sur le corps de son capitaine, qui ne donne plus aucun signe de vie.

Cependant, le bruit de la mort de Valcourt s'est déjà répandu dans tous les rangs. Cette nouvelle, si agréable pour les uns, si désespérante pour les autres, accroît le courage de l'ennemi, en même temps qu'elle jette la consternation parmi les brigands. Ces derniers

ont épuisé tous leurs moyens de
défense ; réduits à un très-petit
nombre d'hommes, ils n'ont plus
que les supplices ou la mort pour
perspective. Ils s'y déterminent ;
mais c'est en promettant de faire
acheter bien cher encore la vie du
dernier d'entre eux.

Kramerr, le seul d'entre tous
leurs chefs qui n'a point succombé
à la furie du vainqueur, malgré
les nombreuses blessures dont il
est couvert, reprend le comman-
dement de toute la troupe en
désordre, qui se replie bientôt
sur les hauteurs du mont Orphall,
et se jette enfin dans le fort, où
entre avec elle l'ennemi qui la
poursuit, la baïonnette en avant.
Là, recommence encore un combat terrible ; mais que peuvent
quarante hommes contre tant de
de bras levés sur eux ! Les brigands
sont hachés en morceaux sur la

place, et, comme si leur mort
ne pouvait assez assouvir la rage
du vainqueur, il se jette en for-
cené sur ses victimes, qu'il frappe
vingt fois, n'abandonnant à regret
leurs corps déchirés et sanglans,
que long-temps après que le fer
vengeur a tranché le fil de leurs
jours.

Cependant, Kramerr, le cruel
Kramerr combattait encore. Il est
le seul, parmi les bandits, qui soit
toujours resté inébranlable au fort
de la tempête, qui ait toujours
échappé à ses fureurs. Long-temps
son bras invincible contient l'ardeur impétueuse de l'ennemi; mais
enfin, ses forces l'abandonnent,
son courage s'éteint, sa férocité
seule lui reste. Déjà, la mort est
suspendue sur sa tête; mais il la
regarde sans sourciller, et ne songe
plus, en voyant sa perte certaine,
qu'à assurer, à son tour, celle du

vainqueur. « J'ai juré la mort de
» tous, s'écrie-t-il, que mon ser-
» ment s'accomplisse, qu'un même
» tombeau nous rassemble ! » Il
dit, et jette au loin sa massue, devenue désormais inutile; puis, s'em-
parant d'une torche allumée, se précipite soudain sur le magasin à
poudre. En vain Fraldore et ses
soldats, saisis d'épouvante à cette
vue, fondent à la fois sur lui, et
veulent lui arracher des mains
l'arme fatale dont il vient de se
saisir, il n'est plus temps : la nuit
fuit, l'air paraît en feu, le magasin
à poudre saute, les cieux se fendent,
la terre s'abîme, tout disparaît....
Kramerr a consommé son exécrable
vengeance, et la montagne comme
la plaine ne retrace plus à l'œil
épouvanté, que débris, que mas-
sacres et qu'horreurs.

CHAPITRE VIII.

Remords terrible et juste, viens déchirer
mon âme; couvre-la du voile brûlant
de la honte et de la confusion.

HERVEY. (*Méditations.*)

DÉJA le soleil, sortant radieux du
sein des mers, dorait l'orient, et
commençait à parcourir sa carrière
habituelle, lorsque Anselme, après
avoir adressé sa prière à l'Eternel,
précipita ses pas vers le mont Orphall, théâtre des combats de la
veille, pour aller porter ses secours
aux malheureux blessés qui en
étaient devenus les victimes, et qui
pouvaient respirer encore.

Anselme était un Ermite qui,
dégoûté du commerce du monde,
et ne cherchant plus que la solitude, s'était retiré dans un endroit

écarté de la forêt. Il y avait fait
construire une petite habitation,
afin d'y consacrer à Dieu les derniers instans de sa vie. Sa figure,
son grand âge, son habit et sa
longue barbe, blanchie par les
années, inspiraient le plus profond
respect. Constamment abîmé dans
la douleur, il paraissait avoir es-
suyé bien des orages, dont le souvenir ne cessait de l'affecter encore
bien vivement.

Son ermitage était assis sur le
sommet d'une petite colline, environnée par la forêt, et du haut
de laquelle on pouvait facilement
découvrir au loin quelques petits
villages et hameaux, où il allait
une fois par semaine, chercher de
quoi soutenir sa pénible existence.
Trois pièces formaient son habitation. Dans l'une, était un lit des-
tiné à recevoir les voyageurs égarés,
que le hazard lui amenait quelque-

fois ; il couchait dans la seconde,
et la troisième renfermait une petite
chapelle, où souvent il allait chercher des consolations à ses peines,
et nourrir son âme de pensées qui
toutes avaient l'éternité et Dieu
pour objet. L'ermitage était entouré
d'un jardin qui aidait à sa sub-
sistance ; au milieu, était un énorme
rocher, d'où s'échappait une eau
limpide, qui roulait en murmurant
sur le caillou, jusqu'au pied de la
colline, où elle se confondait enfin
avec celles d'un large ruisseau,
après avoir formé dans son cours,
mille sinueux détours.

Là, le vénérable anachorète cherchait à goûter le repos, à retrouver
la paix du cœur qu'il avait perdue
depuis long-temps ; mais sa mémoire, trop fidèle à lui rappeler
ses infortunes, ne lui laissait que
tristesse. La religion seule appor-
tait quelque adoucissement à ses

maux, et pouvait seule l'aider à supporter avec plus de fermeté, le pesant fardeau de ses malheurs.

A peine fut-il arrivé sur le mont Orphall, que ses yeux se trempèrent de larmes, à la vue du spectacle qui vint s'offrir subitement à lui. Des montagnes de cadavres, ensevelis sous des monceaux d'armes brisées.... l'ennemi confondu pêle-mêle avec son ennemi : la parque impitoyable en avait fait une ample moisson. Anselme n'en pouvant soutenir plus long-temps le déchirant tableau, et d'ailleurs, n'y trouvant plus que des corps mutilés et sans vie, auxquels tous secours humains devenaient désormais inutiles, allait, déplorant leurs tristes destinées, retourner sur ses pas, quand des soupirs plaintifs vinrent frapper son oreille, et attirer ses regards sur un homme à demi étendu, qui s'efforçait avec peine de se

relever; mais qui retombait toujours malgré lui. Sans perdre un
temps précieux, Anselme court vers
l'infortuné, le relève, le console,
et lui donne ses soins, en remer-
ciant le ciel qui venait de lui fournir une si belle occasion d'exercer
sa bienfaisance.

Ce malheureux blessé était Valcourt lui-même, qui, après deux
heures de défaillance, avait ouvert
les yeux, et rassemblé le peu de
forces qui lui restaient, pour se
traîner vers le fort, où la détona-
tion du magasin à poudre l'avait
extraordinairement inquiété. Il n'en
était plus qu'à quelques centaines
de pas; épuisé par les efforts qu'il
avait faits pour y parvenir, il était
tombé une seconde fois, privé de
l'usage de ses sens, qu'il n'avait
enfin recouvré qu'à l'arrivée du
bon Ermite.

Anselme, après lui avoir pro-

digué les premiers secours qu'exi-
geait alors le pitoyable état où il se
trouvait, l'aida, du mieux qu'il lui
fut possible, à regagner sa solitude,
et, chemin faisant, il lui adressa ces
paroles que lui dictait seule sa
belle âme.

« O jeune et intéressant guerrier!
» toi que la Divine Providence
» choisit pour être du nombre de
» ceux qui concoururent de tous
» leurs efforts, à exterminer la
» troupe de ce trop fameux chef
» de brigands; de cet exécrable as-
» sassin, dont on ne prononce le
» nom, dans ces contrées, qu'avec
» épouvante; de ce scélérat, dont
» les forfaits atroces, inouïs, ont
» fait frémir tant de fois les plus
» intrépides voyageurs; de ce Val-
» court enfin, dont la mort vient
» de délivrer aujourd'hui l'huma-
» nité, et dont les crimes ne
» vont plus tarder à recevoir, au

» redoutable tribunal de l'Eternel,
» le châtiment que réclamaient en
» vain, et depuis tant d'années,
» ses malheureuses victimes ; ah !
» bannis loin de ton cœur cette
» sombre tristesse, ces tourmens
» qui l'affligent et le dévorent, et
» remercie plutôt le ciel, de ce
» qu'en te marquant pour être
» un des instrumens de sa ven-
» geance, il t'a seul soustrait au
» trépas, qu'ont subi tous les
» braves qui ont marché pour la
» même cause que toi. Un Dieu
» juste et bon te voit, t'entend,
» et te bénit du haut des cieux ;
» c'est là qu'un jour, placé au
» milieu de tous ceux qui t'ont
» accompagné, et qui ont perdu
» la vie dans ce combat, pour eux
» si funeste, mais si glorieux, tu
» recevras de ses mains, la récom-
» pense due à ta généreuse ardeur.
» Que cet espoir te console, qu'il

» chasse loin de ton âme le pro-
» fond chagrin qui paraît y être
» concentré , et qu'il répande sur
» ton front nuageux, cette joie
» pure , céleste, inaltérable, que
» ressentent tous les justes, à la
» suite d'une belle action ; ne pense
» plus enfin qu'à être toujours
» digne de ses bontés , et qu'à at-
» tirer sur toi ses bénédictions et
» son amour, jusqu'à ce qu'il lui
» plaise, un jour, de t'enlever aù
» monde , et de t'ouvrir pour
» jamais les portes du ciel et de la
» béatitude éternelle. »

A peine finissait-il ces mots,
qu'il sentit chanceler mon héros,
qui tomba aussitôt entre ses bras,
privé de tout sentiment.

Ce discours vif, énergique, mais
terrible, mais accablant pour le
criminel Valcourt, avait suffi pour
causer ce subit évanouissement.
Ses yeux, naguère encore pétillans

de mille feux, s'étaient fermés à
la lumière ; ses joues étaient déco-
lorées, ses lèvres livides, son teint
pâle, sa voix muette, son corps
glacé. Cependant, au milieu de cet
état mortel, il conserve encore un
reste de vie. Peu à peu, le sentiment lui revient : Valcourt rouvre
les yeux, pousse un soupir, puis,
s'appuyant de nouveau sur le bras
d'Anselme qui le regarde en silence,
tous deux reprennent à petits pas
le chemin de la solitude, dont ils
n'étaient plus guère éloignés que de
quelques minutes de marche.

Déjà quinze jours s'étaient écou-
lés, depuis que Valcourt, dange-
reusement blessé, gardait le lit à
l'ermitage. Jusqu'alors Anselme
n'avait cessé de lui prodiguer tous
les secours de la médecine qu'il
avait étudiée autrefois par amuse-
ment ; mais cet art divin n'avait pu
guérir tous les maux auxquels il

était en proie. Ses blessures, péu
profondes et non mortelles, s'é-
taient refermées, mais son cœur,
son cœur s'était rouvert aux remords déchirans, à tous les supplices de l'amour, à toutes les horreurs du désespoir.

Une fièvre violente s'était empa-
rée de lui, et ne l'avait quitté au
bout de trois jours, que pour
faire place au plus effrayant délire. Dans cette situation malheureuse, ses cheveux étaient hérissés;
ses yeux hagards, dans leur plus
grande latitude, fixaient tous les
objets à la fois, sans pouvoir les
reconnaître ; son visage prenait
tour à tour la teinte de la joie et
celle de la douleur, et quand sa
bouche s'ouvrait, ce n'était que
pour prononcer des maximes de
sagesse, ou pour tenir le langage
des furies. Tantôt, le corps inondé
de sueur, autant par la fatigue

qu'il se donnait au milieu de ses
furieux emportemens, que par une
cause naturelle à sa maladie, il
sortait comme d'un long rêve,
cherchait, paraissant se rappeler
quelques agréables ou douloureuses
circonstances de sa vie, à débrouil-
ler ses idées, et semblait revenir
peu à peu, à la raison qu'il avait
perdue ; tantôt, retombant dans
ses violens accès de frénésie, il se
roulait en bas de sa couche, ren-
versait la table, les siéges, s'arrachait les cheveux, se frappait la
poitrine, se meurtrissait le sein.
Quelquefois aussi, moins terrible
dans son délire, il chargeait d'imprécations les portraits ou tableaux
de religion qui ornaient sa cellule.
Si, au milieu de ces égaremens
d'esprit, Anselme ne se trouvait
pas avec lui, si, averti par le bruit
qu'il entendait, il accourait pour
tâcher de le calmer, Valcourt se

jetait alors à ses pieds, lui prenait
les mains, et lui tenait ces discours
sans suite et dénués de sens.

« O mortel généreux et bien-
» faisant! vous voyez devant vous
» une malheureuse victime de l'hor-
» rible méchanceté des hommes.
» Sauvez-moi d'entre leurs mains
» menaçantes, ou.... je vais périr
» sous leurs coups.... Ah! je vous
» en conjure, veuillez me sauver...
» Mais..... il n'est plus temps.....
» Les voyez-vous, ces visages li-
» vides, ces corps sanglans, ces
» regards homicides, ces ombres
» acharnées à ma perte, qui s'a-
» vancent sur moi..... je suis per-
» du..... elles vont m'entraîner
» avec elles dans la profondeur de
» ce gouffre effroyable.... elles se
» sont déjà saisies de moi... elles
» me poussent..... Oh! comme
» je me sens rapidement précipi-
» ter!....» Ou, quelquefois, dans

le trouble extrême de sa passion,
il s'écriait : « Ciel ! que vois-je ?...
» Célestine !.... ô amante adorée !
» viens, que je te serre encore
» une dernière fois sur mon sein
» brûlant ; viens, que ton mal-
» heureux amant te donne encore
» un dernier baiser, avant qu'un
» éternel adieu l'ait à jamais sé-
» paré de toi ; ah ! viens.... Mais,
» les barbares !.... ils l'entraînent
» loin de moi. Elle me fuit, elle-
» même se refuse à mes embrasse-
» mens : tout m'abandonne, tout
» me repousse.... (*Avec un sombre
effroi,*) ô malheur ! quand cesse-
» ras-tu donc d'assouvir sur moi
» seul ta rage inflexible ? Mais que
» dis-je ?..... n'ai-je point mérité
» ses coups ?.... Oui, assassin ! oui,
» horreur de la nature, je n'ai que
» trop mérité tous les coups que
» le ciel s'est plu à appesantir sur
» ma tête coupable !...., N'est-ce

» pas moi qui ai creusé le tombeau
» des auteurs de mes jours ? N'est-
» ce pas moi qui ai imprimé pour
» toujours à leur nom, une tache
» ineffaçable, une honte éternelle?
» n'est-ce pas encore moi qui leur
» fis souffrir tous les tourmens de
» l'enfer, qui leur fis maudire le
» jour où je reçus cette vie que
» j'employai à les faire mourir
» mille fois ?.. O idée terrible, acca-
» blante!.. Je vois leurs spectres sor-
» tir du fond de leurs cercueils, je
» les vois décharnés, pâles et sans
» force, me lancer des regards d'in-
» dignation, et me menacer de la
» colère céleste. Oh! quels lieux
» assez profonds pour me cacher?
» Où fuir, pour me dérober à eux
» et à moi-même?.... »

C'est ainsi que, frappé de tant
d'affreux souvenirs, Valcourt, dans
son état de démence, prenait
tantôt le bon Ermite pour son

père ou pour sa mère , ou souvent,
pour leurs ombres seules ; tantôt,
pour Célestine , ou pour quelqu'une de ses victimes , ou pour
quelque être bienfaisant , qui venait
le délivrer d'entre les griffes des dé-
mons dont il se voyait toujours
poursuivi. Quelquefois , il oubliait
totalement qui il était , et se croyait
ou berger , ou souverain ; ou
maître absolu du monde , ou l'es-
clave des hommes ; et ainsi , élevé
tour à tour jusqu'aux cieux , et
tour à tour, rabaissé au niveau
de ses semblables , il éloignait,
pour quelques instans , de son âme
flétrie , les tourmens que lui cau-
sait sa conscience , chargée du
pesant fardeau de ses forfaits.

O jeunes-gens ! poursuivez,
poursuivez la lecture de cet ouvrage, et tremblez de tomber un
jour dans les mêmes égaremens
que Valcourt !..... Que la faible

esquisse des remords qui ne cesse-
ront d'empoisonner tout le reste
de son existence, vous devienne
utile, vous donne de l'horreur pour
tous les vices, puisque tous les
vices peuvent y conduire ; et vous
fasse mieux choisir vos sociétés. S'il
n'est qu'un chemin pour la vertu,
il en est tant qui conduisent au
crime !....

CHAPITRE IX.

La religion est tout. Cette déesse est des-
cendue des cieux pour consoler les
malheureux mortels, portant le monde
présent dans sa main gauche, et dans
sa droite, le monde futur.

YOUNG.

CEPENDANT Valcourt, par les attentions et les soins multipliés d'Anselme, reprit, au bout de quelque
temps, un peu plus d'ordre dans
ses idées, et de calme dans ses esprits; mais il devint d'une taci-
turnité effrayante. Les traits profonds de la douleur restèrent
toujours empreints sur sa figure,
et, intérieurement rongé du plus
amer repentir, son cœur se ferma
à tous sentimens de gaîté. Plus de
jouissances pour lui dans les restes

d'une vie qu'il avait, pendant deux lustres entiers, consacrée au meurtre de ses semblables.

Atterré du poids de ses remords, et de l'opprobre universel, c'était dans les lieux les plus solitaires, dans les réduits les plus cachés, dans les grottes les plus profondes, que, chaque jour, il allait pleurer ses criminels égaremens.

Anselme, que les actions et les demi confidences de Valcourt, durant tout le temps de son délire, avaient surpris étrangement, ne savait que penser de lui; mais pourtant, il aimait à se persuader qu'il était un de ceux qui avaient été envoyés contre les brigands, pour détruire par la voie des armes, leur horde audacieuse, et que ses souffrances étaient le fruit de longs malheurs, avec lesquels il aimait à s'entretenir seul : aussi, malgré ses doutes, respectait-il son secret, et ne cherchait-il aucunement à le pénétrer.

Il y avait déjà trois mois et plus, que Valcourt était à l'ermitage, et, quoique entièrement rétabli, il ne parlait pas encore de son départ; il n'y pensait même point. Les bienveillantes attentions qu'avait eues l'Ermite pour lui, durant sa maladie, l'avaient singulièrement attaché à ce dernier; et Anselme lui-même, malgré la disproportion d'âge, qui semble en imposer à l'amitié, l'avait aussi, de son côté, pris en affection, et ne pouvait songer sans en ressentir un bien violent chagrin, au moment qui le séparerait de son jeune ami.

Pourtant, les principes de leur amitié étaient bien différens. Anselme regardait Valcourt comme un ami véritable, que le ciel, par un de ses bienfaits sans prix, lui avait fait rencontrer dans le malheur,

7*

et ; dans cette conjoncture, il
l'aimait comme un compagnon
d'infortune, qui venait partager
les siennes, comme un consolateur
qui avait lui-même besoin de
consolations, et qui venait en
chercher près de lui, pour les lui
prodiguer à son tour.

Valcourt, au contraire, n'avait
d'abord ressenti que de la reconnaissance pour son libérateur, et il
la lui avait témoignée avec toute la
force dont il s'était reconnu capa-
ble; mais bientôt, la constance de ses
bons procédés, et les soins assidus
dont il n'avait cessé d'être l'objet,
depuis son entrée à l'ermitage, l'a-
vaient amené à de plus doux sentimens. Cependant, son amitié était
comme contrainte : elle était pure,
elle était sincère, elle provenait
du fond de son cœur; mais l'âge
d'Anselme, l'habit religieux qu'il
portait ; le respect, la vénération

de Valcourt. pour l'un et pour
l'autre, lui interdisaient ces effu-
sions si douces et si tendres, que
recherchent deux cœurs assortis
par l'âge, et familiarisés par les
années. Enfin, leur amitié ressem-
blait plutôt, si je puis me servir de
cette expression, à celle d'un bon
père pour son fils, et d'un bon fils
pour son père, qu'à celle qu'or-
dinairement l'on entend par ce
mot; aussi, tous deux aimaient-
ils à se prodiguer les noms de père
et de fils.

Un soir : c'était au commencement de janvier, le froid le plus
rigoureux avait succédé aux ardeurs
brûlantes de l'été, la douce haleine
des zéphyrs avait fait place aux
furieux aquilons, la terre endurcie,
les monts couverts de neige, et les
fleuves chargés de glaces, ne présentaient plus partout à l'œil cha
grin, qu'une image de deuil, un

appareil de mort , une affreuse nudité; un soir, dis-je, que ce froid insupportable avait retenu Anselme et mon héros, toute la durée du jour à l'ermitage, et qu'assis autour d'un brasier ardent qu'ils venaient de rallumer, pour réchauffer leurs membres engourdis, tous deux étaient plongés dans les plus sombres réflexions, et accusaient du fond de leurs cœurs, l'austérité du sort qui les avait pour toujours condamnés aux larmes, Valcourt, sortant comme d'un rêve qui, après l'avoir longtemps tourmenté , le rendrait tout à coup à lui-même par un réveil désabusif, tint ce discours au vénérable Ermite.

« O mon père ! toi dont les jours
» furent marqués par tant de
» troubles, toi dont la longue car-
» rière fut semée de tant d'orages,
» et qui, tout en maudissant une

» destinée trop cruelle, verses
» encore aujourd'hui, tant de
» larmes, au seul souvenir de tes
» malheurs; ah ! quels qu'ils soient,
» crois qu'ils ne pourraient encore
» être comparés aux miens... Non,
» il n'est point d'homme sur cette
» terre de malédiction, plus in-
» fortuné, plus à plaindre, et
» plus inconsolable que moi.....
» Mais, que je l'ai mérité !... De-
» puis long-temps, l'existence n'est
» plus pour moi qu'un pénible
» fardeau ; depuis long-temps,
» chaque jour nouveau redouble
» mes douleurs, et chaque mi-
» nute ne fait plus qu'ajouter à
» mes supplices !... Permets qu'au-
» jourd'hui je t'en cache encore
» la source, mais sache seulement
» qu'ils me font souhaiter, à ton
» exemple, de consacrer tout le
» reste de ma vie au culte de l'E-
» ternel, qui seul, peut apporter

» quélque adoucissement à mes
» maux, et ramener le calme dans
» mon âme. Si tous les tourmens
» auxquels tu me vois en proie,
» ont pu émouvoir ta sensibilité,
» ah! ne détruis pas le seul espoir
» qui me reste, le seul désir qu'il
»· me soit encore permis de for-
» mer, après tant d'iniquités dont
» je me suis rendu coupable : c'est
» au nom de ton amitié, de tes
» malheurs et de ton Dieu, que je
» t'en conjure. »

« O mon fils, reprit Anselme,
aussitôt qu'il eùt fini de parler,
» tu n'ignores point combien tu
» m'es cher, et combien je vou-
» drais qu'il fût en mon pouvoir
» de te rendre la paix et le bon-
» heur que tu as perdus; mais il
» me semble que le dessein dont
» tu viens de me faire part, de-
» mande bien des réflexions et un
» plus sage examen de soi-même,

» avant que de le mettre à exécu-
» tion ; car j'ai bien de la peine à
» croire que tu veuilles sincèrement
» renoncer au monde, et t'ensevelir
» à jamais dans cette solitude, pour
» y pleurer peut-être des fautes de
» jeunesse , que la sensibilité de
» ton cœur t'aura fait juger avec
» trop de sévérité. Avant qu'il soit
» peu, j'espère bien éloigner de
» ton esprit, ce projet éphémère
» que tu n'as pas assez mûrement
» médité, et que la raison désap-
» prouve. Si cependant , après
» avoir entendu tout ce que je me
» ferai un devoir de t'alléguer de
» juste et de raisonnable, tu per-
» sistes encore à y demeurer ferme,
» je te laisserai alors le maître de
» l'accomplir, lorsque tu croiras
» que ton changement d'état pour-
» ra changer lui-même quelque
» chose à ton sort. »

Valcourt que les paroles du bon

Ermite ne purent détourner de
son dessein, lui répliqua en ces
termes :

« J'applaudis aux objections qu'il
» te plaît de me faire, mais je n'en
» suis pas moins inébranlable dans
» ce que j'ai résolu. Oh! si tu
» connaissais le sujet qui m'en-
» gage aujourd'hui à me retirer du
» monde, que tu cesserais de vou-
» loir traverser mes désirs!.....
» Mais le temps n'est pas encore
» venu, où je te ferai l'épouvan-
» table récit de ma vie, un récit
» qui te fera dresser les cheveux
» d'horreur, qui m'ôtera ton ami-
» tié, tes soins, tes consolations;
» qui m'attirera ta haine, ton mé-
» pris..... tes malédictions, peut-
» être.... » Ici, Valcourt ne put
poursuivre; suffoqué par les regrets que lui arrachait le souvenir
de ses crimes, il essuya quelques
larmes involontaires, qui s'échap-

paient brûlantes de ses yeux, et
se précipita dans les bras que lui
ouvrait Anselme, attendri par la
douleur qu'il laissait éclater ; après
quoi, ils se retirèrent chacun dans
sa cellule ; mais sans pouvoir y goûter les douceurs du repos.

Ce qui venait de se passer entre
Valcourt et l'Ermite, ne permettait
plus guère à ce dernier de douter
que celui qu'il avait rendu à la
vie, ne fût un bien grand coupable ; mais il était loin de soupçonner qu'il fût le chef suprême
de cette trop fameuse troupe de
bandits qui, naguère encore, in-
festaient toute l'étendue des Ardennes.

Pour mon héros, tout entier à
son projet de retraite, il se voyait
déjà couvert, comme Anselme,
d'une bure grossière, partageant
avec lui tous les instans qu'il donnait à la prière, et avec lui prodi-

I   8

guant ses consolations aux malheureux. Déjà il se félicitait d'être mort
au monde, déjà il envisageait avec
moins de crainte, l'heure terrible
où il paraîtrait devant le tribunal
de l'Eternel, pour y rendre compte
des actions de sa vie, dans l'attente que ses larmes, son repentir
et ses prières seraient une assez
grande expiation pour obtenir son
pardon, et que les actes de bienfaisance sans nombre qu'il se promettait de faire, compenseraient
suffisamment l'énormité des crimes
qu'il avait à se reprocher.

Ce fut au milieu de ces pensées,
qu'averti par le jour qui commençait à poindre, Valcourt se leva, se
couvrit d'un cilice, et se revêtit de
la robe d'anachorète, qu'il devait
porter désormais ; après quoi, défait, pâle, tremblant, les mains
jointes, la tête découverte et les
pieds nus, il suivit Anselme à la

chapelle de l'ermitage, où tous deux se prosternèrent au pied d'un autel qui y était élevé dans l'enfoncement. Au bout d'une demi-heure, Anselme se releva, et laissa Valcourt, pour aller seul, chercher comme de coutume, sa provision hebdomadaire dans les villages voisins. Il ne revint qu'au soleil couchant, accompagné de Valcourt, qui était allé à sa rencontre, pour le soulager d'une partie de son fardeau. Aussitôt leur arrivée, tous deux se rendirent à la chapelle, pour y prier de nouveau, l'espace d'une heure, après laquelle, l'un d'eux ayant allumé une lampe, ils nourrirent leur esprit de la lecture de quelques livres pieux, jusqu'à ce que le sommeil vint les forcer à se retirer, chacun dans sa cellule.

C'est ainsi que se passèrent à peu près toutes leurs journées, pendant

plus de neuf mois que Valcourt
demeura à l'ermitage. Le matin,
l'heure de midi et le soir, étaient les
momens qu'ils avaient consacrés à la
prière. Dans ces intervalles, la lecture et le travail occupaient tous
leurs instans. Souvent aussi, Valcourt allait répandre ses largesses
aux familles dont la probité égalait
les besoins, et ses consolations, à
celles qu'il savait dans l'adversité; et
Anselme, dans ses courses fréquen-
tes, trouvait toujours assez à prodiguer aux pauvres malades des alentours, ses talens régénérateurs. Au
milieu de ces douces occupations, ce
dernier, qui n'avait point à se reprocher ses malheurs, goûtait dans
toute sa perfection, le plaisir qu'on
trouve à faire des heureux, et ne
s'apercevait point de la durée du
temps. Il ne se ressouvenait de la
veille, que par les bienfaits qu'il
avait répandus, et ne pensait au

lendemain, que par ceux qu'il se
promettait de répandre encore ;
mais l'inconsolable Valcourt, toujours poursuivi par ses remords,
ne pouvant oublier le passé, ne
pouvait non plus ouvrir son cœur
à la joie ; ses tourmens, au contraire, ne faisaient que s'accroître
davantage, et semblaient se multiplier dans chacun de ses soupirs,
se multiplier encore dans chacune
de ses larmes. Oh! qu'il est loin
encore d'en avoir épuisé toute l'a-
mertume ! Qu'il s'attend peu au
dernier coup , au coup terrible
qui, bientôt peut-être, va le frapper de mort !

Une nuit : c'était dans les premiers jours de juillet, fort long-
temps après son entrée à l'ermitage,
une nuit, dis-je, qu'il était lan-
guissamment étendu sur son gra-
bat , et que, la tête appuyée sur
une main, il rappelait à son esprit

les différentes époques de sa vie,
une brillante lumière, dont les re-
flets mobiles se balançaient rapidement sur l'intérieur des murs de
sa cellule, vint tout à coup frapper
ses yeux. Surpris, il regarde de
tous côtés, et aperçoit, à travers
les barreaux de sa croisée, comme
une ombre qui traversait le jardin,
à une petite distance de l'ermitage,
et qui tenait en main une espèce
de torche, répandant une très-
grande clarté sur tous les objets
près desquels elle passait : elle allait
fort vîte, et semblait faire le tour
de la solitude.

Frappé d'une apparition aussi
étrange, Valcourt ne pouvait en
croire ses yeux, qu'il fermait et
rouvrait alternativement, pour s'assurer si ce n'était pas un rêve;
mais, après s'être fortement convaincu qu'il ne dormait point, et
que ce qu'il prenait pour un pres-

tige des sens , existait réellement ,
il sauta en bas de sa couche , passa
précipitamment sa robe , et courut
ensuite éveiller Anselme , pour lui
demander s'il avait connaissance de
ce qu'il venait de voir ; mais quel
fut son étonnement lorsque , arrivé
à sa cellule , il ne l'entendit point
répondre à sa voix : il en fait le
tour à tâtons , et porte la main sur
son lit , mais n'y sent point l'Ermite , et reste même certain qu'il
ne s'y est pas encore couché de la
nuit ; il poursuit ses recherches
jusqu'à la chapelle , dont la porte
était restée entr'ouverte , et l'appelle..... Même silence.... Interdit
d'une aussi surprenante absence ,
il ne sait plus que croire , que
penser.

Dans cet état d'incertitude , ses
premiers soins sont de recourir à sa
lampe , qu'il s'empresse de rallumer
à l'aide des braises presque éteintes ,

que recouvraient les cendres du feu;
après quoi, il revient sur ses pas,
pour visiter avec plus d'exactitude,
et la cellule d'Anselme et la chapelle ; il n'y voit rien qui puisse
servir à lui expliquer l'énigme
qu'il cherche à deviner ; mais il
reste entièrement convaincu de la
disparition d'Anselme, dont le lit
non dérangé atteste qu'il ne s'y est
pas encore couché. Cependant,
par où sera-t-il sorti? C'est ce qu'il
ne peut comprendre. Valcourt ne
soupçonne aucune issue dans la
chapelle, par où l'on puisse passer
au dehors; les fenêtres des trois
pièces contigües sont toutes con-
damnées par d'énormes barreaux de
fer, scellés dans le mur, et il est
bien certain qu'il n'a pas passé dans
sa cellule pour y arriver; il l'aurait
vu, puisqu'il n'a pas fermé l'œil
de la nuit; pourtant, ce n'est pas
une vision, il a bien vu un homme

traverser le jardin, muni d'une torche allumée : que signifie donc cette sortie nocturne ? Pourquoi Anselme enveloppe-t-il ses démarches de tant de mystère ? Car il ne lui est plus permis de douter que l'ombre qu'il a vue, ne soit Anselme lui-même : son lit resté intact, sa disparition, tout lui en devient une preuve incontestable. Dans cette assurance, il ne sait à quoi se résoudre. Doit-il le suivre ? Doit-il chercher à découvrir les secrets de son libérateur ?.... Il flotte dans l'irrésolution ; enfin, la curiosité l'emporte, et, sans plus perdre de temps à d'inutiles délibérations, il gagne la porte de l'ermitage, qu'il referme aussitôt sur lui, précipite ensuite ses pas, avec les plus grandes précautions, vers l'endroit où il a aperçu Anselme, et toujours en suivant la même direction qu'il lui a vu prendre.

CHAPITRE X.

O vous, astres de la nuit, vous qui êtes
accoutumés à me voir malheureux, et
à m'entendre gémir, vous savez combien
de fois le fautôme de la mort, agitant
sous ma tête, l'oreiller où je sommeil-
lais, m'arracha brusquement des bras
du repos, et contraignit mes yeux de
s'ouvrir. Mes yeux, en s'ouvrant, tom-
baient sur ma triste épouse, mourante
à mes côtés !

YOUNG.

A peine Valcourt, muni d'une
lanterne sourde qu'il cacha sous
sa robe, eût-il traversé le jardin,
et franchi une petite éminence qui
bornait sa vue, qu'il découvrit de
nouveau la lumière qui s'était
offerte à lui, étant dans sa cellule ;
mais elle disparut presque aussitôt. Il se vit contraint de poursuivre sa marche au hasard,

quoique en se guidant toujours sur
le même point où elle avait paru
s'éteindre. Lorsqu'il y fut arrivé,
il reconnut que le lieu où il avait
cessé de la voir, était une masse
informe de rochers déserts, entassés les uns sur les autres, dont
la cîme élevée était comme suspendue au-dessus d'un large précipice, que la main du temps avait
creusé à sa base, et qu'il se rap-
pela avoir souvent prise pour but
de ses promenades solitaires, dès
le premier mois de son séjour à
l'ermitage. Il en connaissait parfai-
tement la situation ; mais il ne se
rappelle pas y avoir jamais rien
vu qui puisse servir à éclairer ses
doutes. Néanmoins, il gravit jusqu'à son sommet, après en avoir
inutilement fait le tour par le bas,
et en examine avec la plus scrupu-
leuse attention, tous les endroits,
jusqu'aux moindres rocs, jusqu'aux

moindres buissons , jusqu'aux
moindres cavités : il tourne, il va,
il revient, et perd enfin tout espoir
de connaître le dénouement de
cette aventure. Dans cette idée,
il va descendre : déjà il est arrivé
sur une longue pointe de rochers, qui, s'avançant au - dessus
de la plaine, semble vouloir s'y précipiter , et déjà il se félicite d'avoir
outre-passé la partie du mont , où
se montrait le danger le plus immi-
nent, lorque sa lanterne, lui
échappant tout à coup des mains,
roula sur une espèce de plate-forme
qui se trouvait au-dessous de lui.
Heureusement , elle ne s'éteignit
point. Cet incident inattendu le
forçant de se détourner un peu
pour aller la reprendre, il appuya
sur sa droite, et passa à travers des
amas de ronces et de bruyères,
qui recouvraient de larges préci-
pices, creusés par les avalanges et

les torrens dévastateurs. Bientôt,
il allait atteindre la plate-forme;
encore deux pas, et la lanterne, le
seul secours qui pût assurer sa
marche, au milieu de tant de périls
dont il est environné, allait être en
ses mains, quand, ô surprise! ô
terreur! il se sent tomber soudain
entre les roches qui bordaient la
plate-forme, sans pouvoir se retenir aux branches des arbustes épi-
neux, dont cette place était entièrement dégarnie, puis, rouler
jusqu'au bas d'une longue file de
marches, qui se trouvaient sur son
passage. Revenu de sa frayeur, il
remonta l'escalier qu'il venait de
descendre si singulièrement, avec
toute la célérité que purent lui
permettre l'obscurité dans laquelle
il se trouvait totalement plongé, et
une vingtaine de contusions qu'il
avait reçues dans le cours préci-
pité de son voyage souterrain.

Parvenu à la dernière marche, il
resta saisi d'étonnement de ne plus
voir le ciel; mais cet étonnement
cessa bientôt, lorsque, portant la
main au-dessus de sa tête, il s'aperçut que l'ouverture par laquelle il
était tombé, était masquée par une
trappe à bascule qu'il n'avait point
soupçonnée d'abord.

Joyeux de cette découverte, et
sûr de pénétrer, en suivant ces
routes profondes, le motif qui
portait Anselme à y venir nuitam-
ment, Valcourt s'empressa de pro-
fiter du hasard qui venait de le
favoriser si bien dans ses recherches,
pour mettre un terme aux soupçons inquiétans que la sortie mystérieuse de l'Ermite avait élevés en
foule dans son cœur alarmé. Il ra-
masse sa lanterne qui, heureusement, ne s'est point éteinte, et
soudain, redescend les dégrés souterrains; il s'enfonce aussitôt sous

la principale des voûtes qui s'of-
frent à lui. Après quelques minutes de marche, il se trouva au
milieu d'une très - grande salle,
formée par la nature. Plusieurs
fentes assez larges, pratiquées entre
les rochers entassés les uns sur les
autres, en manière de dôme, devaient y répandre assez de clarté
pour pouvoir y distinguer, de jour,
tous les objets. Des bancs de pierre
étaient placés de distance en distance, autour de la chambre, et
d'énormes chaînes de fer, recou-
vertes de rouille, étaient attachées
à de gros anneaux, qui ne tenaient
plus que faiblement dans le roc :
ce qui lui fit croire qu'autrefois,
ces souterrains pouvaient bien avoir
servi de repaire au crime et de
prison à l'innocence ; ou que, dans
des jours plus reculés encore, ils
pouvaient bien avoir contribué à
assurer les vengeances de quelques

prêtres coupables, ou de quelques-
uns de ces seigneurs suzerains qui,
au dixième siècle, dans ces temps
de trouble et d'usurpation, disposaient de la justice à leur gré, et
exerçaient impunément sur leurs
malheureux vassaux, la tyrannie
la plus absolue. Trois portes s'of-
frent à lui, et lui laissent la liberté
du choix; mais toutes trois sont
fermées. Mon héros court aussitôt
chercher un fort levier qu'il venait
de rencontrer à peu de distance de
là, pour soulever de dessus ses
gonds, la plus faible des portes;
mais de quelle horreur ne fut-il
pas saisi, à la vue d'un squelette hu-
main, assis dans un coin de la
chambre, qu'il n'avait pas encore
remarqué. Il était enchaîné; devant
lui, était une table de marbre, sur
laquelle étaient un verre, plusieurs
bouteilles, plusieurs assiettes, et
tous les instrumens dont on se sert

pour manger. Les assiettes étaient
remplies de poussière, et la table
était recouverte d'une espèce de
terre fraîche, et comme d'une
mousse blanchie par le temps : ce
qui lui fit présumer que ce malheureux était mort par la faim,
près d'une table splendidement
servie, que son cruel bourreau,
par un raffinement plus cruel encore, avait pris soin de placer assez
loin de lui, pour qu'il n'y pût atteindre. Ce spectacle ne servit qu'à
le confirmer de plus en plus dans
ses premières conjectures ; mais
quoique cette mort parût dater
d'un siècle bien antérieur à celui
dans lequel il vivait, il ne put entièrement fermer son cœur aux supplices qu'un tel tableau, en lui
rappelant tant de victimes tombées
sous ses coups, venait de renouve-
ler en lui. Il roule dans son esprit
de sinistres pensées, son corps

8*

frissonne, sa tête se trouble, ses
yeux s'égarent, et semblent inter-
roger les voûtes souterraines sous
lesquelles il erre à grands pas, et
dont il a interrompu le silence,
par ses cris de douleur et de désespoir.

Cependant, le calme se rétablit
peu à peu dans son cœur; mais
il reste en suspens : il ne sait plus
s'il doit pousser plus avant ses per-
quisitions, ou s'il doit revenir sur
ses pas. Long-temps il balance,
incertain et de ce qu'il doit; et de
ce qu'il veut faire. Enfin, il se détermine à poursuivre ses recherches; il s'y détermine, afin de se
convaincre si sa prévention contre
Anselme est bien ou mal fondée,
et s'il est encore digne du respect
qu'il lui porte, ainsi que de l'a-
mitié qu'il lui a vouée. A cet effet,
il va redoubler d'activité et d'a-
dresse pour parvenir jusqu'à lui,

sans en être vu. S'armant de son
levier, il revient à l'une des trois
portes, qui laissait assez de jour
pour favoriser son dessein. Après
quelques légers efforts, il l'enlève
de ses gonds, puis, la laisse couler
à terre avec le moins de bruit possible. Le passage devenu libre, il
s'avance avec fermeté sous les voûtes
ténébreuses qu'il voit devant lui,
et en parcourt avec vîtesse, toutes
les avenues. Un escalier étroit s'offre
à lui ; il le descend, et se voit entouré par un grand nombre de
piliers, qui soutiennent d'énormes
masses de rochers et de voûtes en
ruines, au-dessus desquelles il entend rouler avec grand bruit, des
eaux qu'il présume, avec raison,
devoir être celles d'une petite rivière
qui passe non loin de l'ermitage,
et où va se jeter le ruisseau qui
l'environne : de là, il conjecture
que leur solitude ne doit pas être

éloignée du lieu où il se trouve, et
que les souterrains pourraient bien
avoir une issue secrète dans la chapelle. Bientôt il va sans doute découvrir Anselme. C'est aussi dans
cette attente, qu'il quitte cet endroit presque entièrement couvert
des eaux qui pénètrent en abon-
dance par les interstices de la voûte,
et qu'il hâte ses pas avec une nouvelle ardeur. Enfin, après s'être
trouvé bien des fois embarrassé
par la multitude des routes obs-
cures qui s'offraient à lui, il aperçut au loin une vive clarté, et
des cris confus l'avertirent de se
mettre sur ses gardes.

Il cache incontinent sa lanterne
sous sa robe, puis, l'oreille atten-
tive, et les yeux continuellement
fixés sur la lumière, il s'approche
sur la pointe des pieds, jusqu'à la
salle souterraine qui doit mettre un
terme à son anxiété. Déjà il est

arrivé près de la porte qui est restée entr'ouverte. Il n'ose plus respirer : la tête penchée en avant, ses regards volent se promener dans son intérieur ; mais..... Dieu !.... sur quels objets vont-ils se reposer ?.... Deux tombeaux de marbre noir sont élevés au milieu de la salle, et douze cierges allumés répandent une clarté lugubre sur chacun d'eux. L'un, à découvert, renferme le corps d'une femme : un poignard est enfoncé dans son sein, sur lequel de longues traces d'un sang vermeil sont restées congelées. Sur les marches du monument funèbre, Anselme agenouillé, les cheveux en désordre, le visage défait, les yeux inondés de larmes, se tordant les mains, et se livrant au plus violent désespoir, exhale dans les sanglots et les gémissemens, toute la douleur dont son âme est pénétrée.

Valcourt est resté immobile dans
sa première attitude, et n'a plus la
force d'avancer, ni de reculer d'un
seul pas. Que signifie tout ceci?
Anselme serait-il l'assassin de cette
femme? Quel est cet autre tombeau? Quelle est la seconde victime
qu'il renferme? Que veut dire cette
désolation dans laquelle il est plongé? Pourquoi ces cris lamentables?
Ces plaintes, ces regrets, que veu-
lent-ils dire? Les accens plaintifs
qu'il pousse sont-ils un aveu de son
crime? Non, non, je n'y peux
croire!..... Anselme!.... Lui, si
vertueux, si.... Cependant, quelle
est la cause d'une douleur si vive,
quelle est la cause d'un désespoir
si grand?..... Telles sont les pensées
qui viennent se présenter en foule
à son esprit. Croire Anselme criminel, est un coup difficile à supporter. Ce spectacle l'afflige d'autant plus qu'il a rouvert les blessures

de son cœur ; qu'il a rappelé à sa mémoire, de pénibles, de cruels souvenirs qu'il voudrait vainement étouffer.

Pendant qu'absorbé dans ces réflexions accablantes, il cherchait à s'éloigner un peu pour reprendre ses esprits et se consulter sur ce qu'il devait faire, il sent tout à coup glisser doucement de dessous sa robe, la lanterne qu'il tenait serrée entre son corps et son bras gauche, qu'il venait de rendre à la liberté sans y prêter d'attention. Il veut faire un pas pour la retenir sur ses genoux ; mais une pierre qu'il rencontre le fait trébucher, et tomber de toute sa hauteur sur la porte qu'il ouvre toute grande, dans sa chûte inattendue.

Anselme, que cet évènement imprévu tira de la sombre rêverie dans laquelle il était plongé, après avoir contemplé long-temps le corps

ensanglanté de la femme que renfermait le plomb mortuaire , resta
saisi d'épouvante à la vue de cet
homme qui venait de tomber si
subitement au milieu du passage
souterrain. La moitié de son corps
paraissait dans le lieu sépulcral où
était Anselme , et l'autre était restée au dehors. Voyant qu'il ne donnait plus aucun signe de vie , il
s'en approche , l'envisage , et demeure pétrifié d'étonnement, lorsqu'il reconnaît en lui... Emile, son
jeune ami. (C'est sous ce nom
baptismal, que portait effectivement
Valcourt , qu'il s'était fait connaître à l'Ermite; et désormais,
nous ne lui donnerons plus que
celui-ci.)

Emile , revenu de la faiblesse
dans laquelle il était tombé par la
force du coup qu'il avait reçu dans
sa chûte , ainsi que par le douloureux tableau qui venait de s'offrir

à lui, et qui lui avait rappelé avec tant d'énergie, les dix années qu'il avait passées à tremper ses mains dans le sang, ne put trouver d'expressions pour peindre à Anselme la surprise où l'avaient jeté le secret dont il enveloppait toutes ses actions, le voile impénétrable dont il couvrait toutes ses démarches, et la profonde douleur dont il le voyait accablé, ainsi que les soupçons peu favorables que n'avait pu manquer de faire naître en lui, tout ce dont il venait d'être témoin.

Anselme remarquant son trouble, et devinant tout ce que sa mystérieuse conduite donnait à penser à Emile, devinant encore combien elle était susceptible d'être mal interprêtée par l'équivoque défavorable qu'elle présentait d'abord, et par les apparences qui toutes le condamnaient, s'empressa de dissiper ainsi l'erreur dans laquelle il était tombé

» Emile ! ô mon fils ! mon unique
» ami ! peux-tu bien me croire
» coupable ? peux-tu bien me croire
» criminel ? me croire l'assassin de
» cette femme adorable, de cette
» épouse adorée, de cette tendre
» moitié que bientôt.... ah ! oui,
» je le sens...... je vais rejoindre
» dans la tombe.... » A ces paroles,
qu'il prononce avec tendresse, il
monte précipitamment les marches
du tombeau, se jette sur le corps
sanglant et inanimé qu'il renferme,
l'arrose de ses pleurs, et le couvre
de ses baisers. « Oui, épouse ché-
» rie ! oui, bientôt, débarrassé des
» liens qui me retiennent à la vie,
» j'irai te rejoindre pour ne plus te
» quitter.... J'irai te consoler, te
» prodiguer mes embrassemens, te
» rendre.... Mais, que dis-je ? as-tu
» besoin de consolations ? en as-tu
» besoin dans l'immensité des
» cieux, du haut de ces plaines

» brillantes, où règne sur un trône
» d'azur , l'éternelle déité ? as-tu
» besoin des consolations d'un mor-
» tel , toi qui existes dans le séjour
» des immortels ? Pourrais-tu re-
» cevoir des consolations de ton
» malheureux époux , quand il
» succombe , quand il est écrasé
» lui-même sous le poids de sa
» propre douleur.... quand il ne
.. peut rien , alors que tu peux
» tout ?.... (*Avec un enthousiasme
tout divin.*) Je la vois , ah ! oui , je
» vois ta belle âme errer au-dessus
» des régions éthérées , parmi les
» anges qui s'empressent à l'envi
» d'accorder leurs harpes célestes,
» pour célébrer leur créateur ! Je
» te vois encore, reprenant la figure
» d'une des filles de la terre, abaisser
» sur moi des regards de tendresse
» et d'amour. Le sourire est sur tes
» lèvres, la joie est dans ton cœur,
» tu es heureuse ; tu me fixes, du

» haut des cieux, tu me tends les
» bras!.... Attends!... Je te suis, je
» vole à toi : oui, je vais deve-
» nir heureux avec toi ; heureux
» de te rejoindre.... heureux de ta
» félicité.... de notre mutuelle béa-
» titude!.... »

A ces mots, il se laisse retomber
sur le tombeau, et reste plongé
dans une céleste extase. Il ne touche
plus à la terre, il ne la voit plus;
tout son être semble s'en être détaché, pour ne plus jouir que de
la félicité des âmes admises dans le
ciel.

Il resta près d'un quart d'heure
perdu dans ce divin ravissement;
après quoi, il redescendit les marches du tombeau, et s'approcha
d'Emile qui, le dos appuyé contre
la muraille, contemplait tristement
son vertueux ami. « Il est heureux,
se disait-il, il l'a dit lui-même....
« ah! oui, ses larmes doivent être

» douces, puisqu'il n'a rien à se
» reprocher. Et moi.... tous les
» tisons de l'enfer me consument!
» tout l'enfer est dans mon cœur!»

Aussitôt qu'Anselme fut arrivé
près de lui, il lui prit la main, et
lui dit : « Jeune homme, pardonne
» à ma douleur les égaremens aux-
» quels je viens de me livrer; elle
» est juste, elle sera éternelle.
» Tiens, monte les degrés de ce
» tombeau, et regarde l'objet de
» tant de pleurs; ce fut mon épouse,
» une épouse aussi vertueuse qu'elle
» était belle, une mère aussi
» tendre qu'elle fut malheureuse;
» elle est digne que tu t'atten-
» drisses, et verses une larme sur
» son sort déplorable. Vois-tu cette
» plaie large et profonde, ce sang
» vermeil qui couvre son sein, ce
» fatal poignard qui lui perça le
» cœur, ces yeux qui se rouvrirent
» une dernière fois pour m'adresser

» de muets et cruels adieux , et
» cette bouche encore ouverte pour
» pardonner sa mort ; c'est cepen-
» dant par tes pareils qu'elle a été
» lâchement assassinée ; oui, rou-
» gis sur toi-même ; ce sont tes
» semblables , ce sont des hommes
» qui l'ont commis , ce crime
» atroce , odieux. Les tigres , les
» bêtes féroces, sont moins féroces
» encore que les hommes. Ah !
» qu'ils en ont depuis long-temps
» déshonoré le nom !.... »

Emile reste atterré par cette su-
bite apostrophe, croyant d'abord
qu'elle n'est adressée qu'à lui-même;
mais il revient un peu à lui, sitôt
qu'il la voit devenir générale. Cependant, ce discours a ramené l'o-
rage dans son cœur ; il a rouvert
ses blessures, redoublé son effroi,
renouvelé ses remords. Bientôt,
il ne peut contenir son émotion.
Anselme s'en aperçoit, et l'entraîne

aussitôt hors de la salle. « Viens,
» mon fils, viens, lui dit-il après
avoir recouvert le cercueil ; c'est
» assez abuser de ta sensibilité :
» sortons de ces lugubres lieux, et
» retournons à l'ermitage. Demain
» je te ferai part de mes malheurs.
» Depuis long-temps tu m'as pro-
» mis le récit de ta vie ; mais,
» puisque tu as pu tarder jusqu'à
» ce jour à me le faire, je veux
» que, commençant moi-même,
» tu ne balances plus à me confier
» les coups dont la destinée s'est
» plu à t'accabler si jeune encore.
» En nous en rendant tour à tour
» les dépositaires, nos mutuelles
» infortunes nous paraîtront moins
» difficiles à supporter. »

Tandis qu'Anselme parlait ainsi,
ils arrivèrent proche d'un escalier
qu'ils montèrent en silence : un
second se présenta ; ils le montèrent
de même. Aussitôt qu'ils en eurent

franchi les degrés, Anselme tira de dessous sa robe, une petite clef qu'il portait toujours sur lui, ouvrit une grille de fer qu'il referma sur eux ; après quoi, ils tournèrent sur leur droite, et s'approchèrent d'un mur où jamais on n'aurait soupçonné qu'il pût y avoir une porte. C'était une pierre de marbre noir, très-grosse, qui, au moyen de quatre ressorts si artistement cachés dans son épaisseur qu'on n'en pouvait découvrir la place, tournait sur elle même, et se laissait mouvoir à volonté, pour peu qu'on y appuyât la main. Cette porte donnait dans la chapelle. A peine y furent-ils arrivés, que tous deux allèrent gagner leur lit ; mais, de tout le reste de la nuit, il leur fut impossible de fermer la paupière.

FIN DU PREMIER VOLUME.

LE
BRIGAND
DE LA FORÊT
des
ARDENNES.
TOME 1er
1824.

LE
BRIGAND
DE LA FORÊT
des
ARDENNES.
TOME II.
1824.

LE
BRIGAND
DE LA FORÊT
des
ARDENNES.
TOME III.
1824.

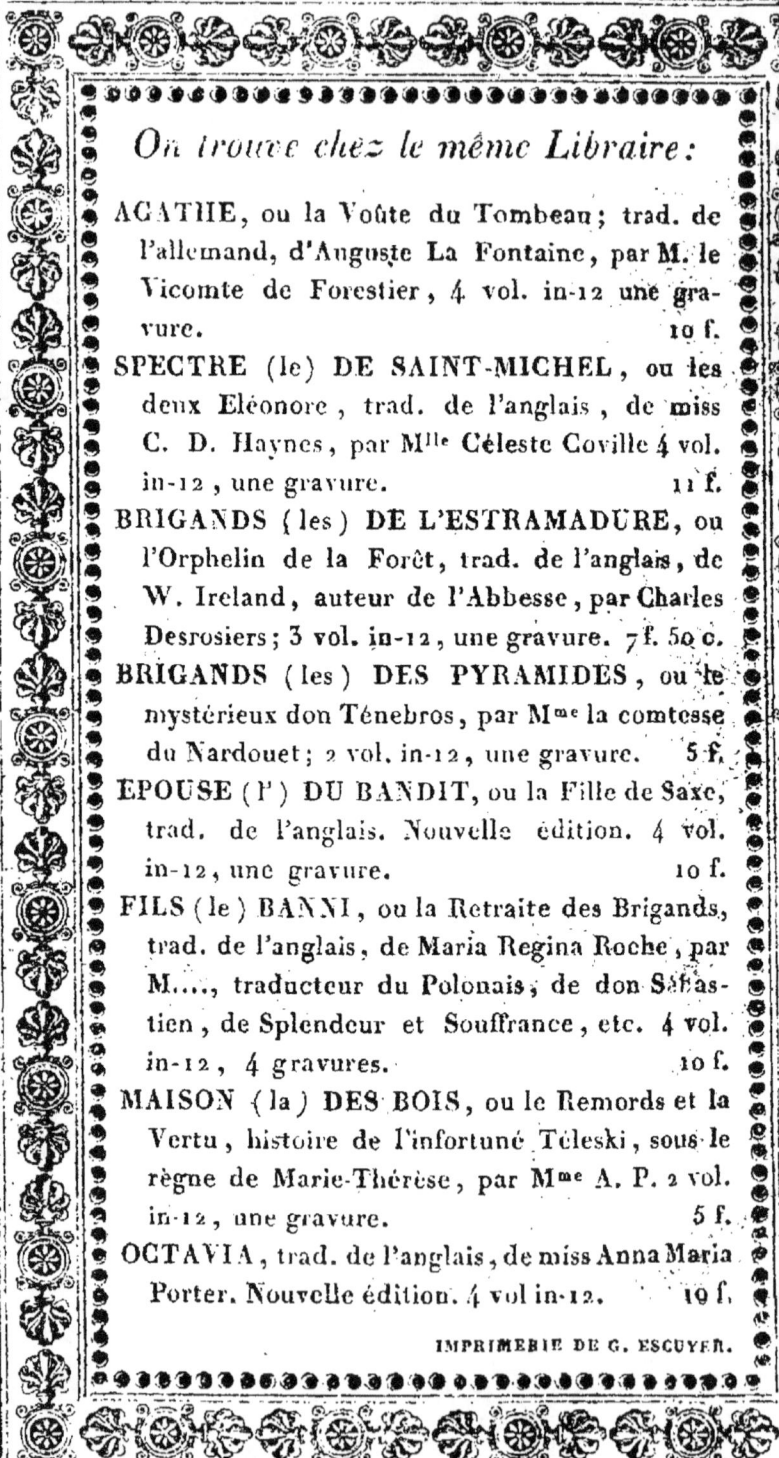

On trouve chez le même Libraire:

AGATHE, ou la Voûte du Tombeau; trad. de l'allemand, d'Auguste La Fontaine, par M. le Vicomte de Forestier, 4 vol. in-12 une gravure. 10 f.

SPECTRE (le) DE SAINT-MICHEL, ou les deux Eléonore, trad. de l'anglais, de miss C. D. Haynes, par Mlle Céleste Coville 4 vol. in-12, une gravure. 11 f.

BRIGANDS (les) DE L'ESTRAMADURE, ou l'Orphelin de la Forêt, trad. de l'anglais, de W. Ireland, auteur de l'Abbesse, par Charles Desrosiers; 3 vol. in-12, une gravure. 7 f. 50 c.

BRIGANDS (les) DES PYRAMIDES, ou le mystérieux don Ténebros, par Mme la comtesse du Nardouet; 2 vol. in-12, une gravure. 5 f.

EPOUSE (l') DU BANDIT, ou la Fille de Saxe, trad. de l'anglais. Nouvelle édition. 4 vol. in-12, une gravure. 10 f.

FILS (le) BANNI, ou la Retraite des Brigands, trad. de l'anglais, de Maria Regina Roche, par M...., traducteur du Polonais, de don Sébastien, de Splendeur et Souffrance, etc. 4 vol. in-12, 4 gravures. 10 f.

MAISON (la) DES BOIS, ou le Remords et la Vertu, histoire de l'infortuné Téleski, sous le règne de Marie-Thérèse, par Mme A. P. 2 vol. in-12, une gravure. 5 f.

OCTAVIA, trad. de l'anglais, de miss Anna Maria Porter. Nouvelle édition. 4 vol in-12. 10 f.

IMPRIMERIE DE G. ESCUYER.